JN034615
命短し恋せよ男女
じょ
だん
Life is Brief. Fall in Love, Boys and Girls.
[著] 比嘉智康
Tomoyasu Higa
[イラスト] 間明田
Mamyoda

のち
こい

三文芝居「架空元カレとの電話」を演じる、
雪幌病院の天使ことほのかの病室に入ってきたのは――

元カノだった。

のちこいチャンネル
企画会議中!

病棟の天使
(ポンコツ)

近松美澄（ちかまつ みすみ）

穂坂微（ほさか ほのか）

美少女
大好き
毒舌ガール

のちこい

ほのか
LOVEな
御曹司
つまぶきりゅうのすけ
妻夫木龍之介
余命宣告
受けてる系
男子
いしだこういち
石田好位置

……似合ってるかな？

元カップル

カップル
YouTuber
結成

石田好位置
あだ名：ベスポジ

もう別に
何とも思って
ないんだから

あの時の別れが
トラウマ

運命の人だ！

力になって
あげたいが…

恋敵…！

めんこくて良い奴

近松美澄

仲良し
余命宣告ガールズ

穂坂ほのか

私の好みの
タイプは…

お近づきに
なりたい！

ボクの恋のため
ベスポジと美澄嬢を
くっつけたい

スポンサーになって
くれてありがとう！

Life is Brief.
Fall in Love,
Boys and Girls.

[著]
比嘉智康
Tomoyasu Higa
[イラスト]
間明田
Mamyoda

# プロローグ

眠(ねむ)れない夜。考えたりする。

――もし俺が、棺桶(かんおけ)に片足突(つ)っ込んでいない系中学生に戻(もど)れたら、と。

身体(からだ)の内側の壊(こわ)れた部分が治り、同世代大量男女青春発生地点(スクールライフ)に復帰する。

学力の問題ではなく、寿命(じゅみょう)の問題で進学できない。そんなことを気にしないで済む状況(じょうきょう)下で取り組める勉強。

きっと、やりがいを見いだせるはずだ。

――もし俺の身体(からだ)が初めから、死に至る病に侵(おか)されていなかったら。

看護師さんに愚痴(ぐち)を聞かれたら、即(そく)カウンセリングの手はずが整えられる日常も。

病院食の合間に食べるカップラーメンの異常な旨(うま)さも。

木曜日の夜の苦しみも。

知らないままだったろう。

――でも俺が余命宣告受けていない系男子だったら。

カップルＹｏｕＴｕｂｅｒになることも。

元カノとは再会することも。

そして、中学生らしからぬイベントを明日に控えて、こんな風に眠れなくなる夜を過ごすこともなかっただろう。

中学生らしからぬイベントとは、なにか。

結婚式だ。

俺と、ほのかの。

明日のほのかの身体は、少しでも楽になれていますように。

祈り始めて、まだまだ眠れない夜。

やがて、ほのかと出会った夜を思い出す。

あの夜も眠れない夜だった。

# 1

『全身性免疫蒼化症』

その初めて耳にする病名を聞いたのは、入院四日目のことだった。

学校の健康診断の結果で要検査と通知がきたときも、特に深刻には捉えていなかった。再検査があるから、学校を半日休めて嬉しいな。そんな気軽さで訪れた病院では、なぜか入院の手続きが進められ、事態をまるでわかっていなかったが。

入院初日からの検査につぐ検査で、ありふれた病気じゃないのかも、と察し始めた頃だった。医療ドラマの頼もしい医師役を演じる若手俳優みたいな担当医が力強い声で、一緒に頑張ろうねと、言っていて。

ああ特に頑張らなくても治る病気じゃないんだ、と思った。

俺の隣では、先日美魔女コンテスト北海道大会で審査員賞&観客賞の完全優勝を果たした母ちゃんの若々しい顔がハリを失っていて、

(……あ)

俺の身体は自分が思うよりヤバいのかも、と感じた。

なにせ母ちゃんの顔からハリが失われたところなんて、これまで一度しか見たことがない。

その一回は、父ちゃんが交通事故で死んだときだ。

俺は医師との面談の途中で、トイレに行きたいと言った。

病棟にある手狭な一室を出た。

トイレには向かわなかった。出てきたばかりの扉に耳を寄せた。

治療法はまだ確立されていないんですが、進行を遅らせる薬物療法がありまして。

頼もしい医師役の声から力強さが消えていた。

そして、聞いた。

「三年生存率」という言葉と、軽減税率が適用された消費税より低い%を。

三年生存率のあと、男性の蒼化症患者の生存期間中央値は一年だと、立ち聞きしてしまっていた。

余命を感じて迎える初めての夜だった。

（眠れねえ……）

（……寿命を平均したら一年。つまり、余命一年ってことだよな……）

動画でも見て、寝落ちできたら良かったんだけど。

楽しげな動画を観る気にはなれなかった。悲しげな動画は探す気もなかった。

内装に誰のデザインセンスも発揮された形跡のない小綺麗な個室だった。

その窓は創成川沿いの大通公園に面していて。景色は、さっぽろテレビ塔が目と鼻の先に居座っていた。

テレビ塔のライトアップイルミネーションは誰かのデザインセンスが発揮されまくっていて。

その点灯パターンにより、病室内は文化的じゃないパーティー会場の賑々しさで染められていた。

カーテンを閉めれば、済む話なのだが……。

自分の人生に、希望という光を見失った日に、暗い部屋で眠りたくはなかったのかもしれない。廊下側のスライドドアも開けっぱだった。

イルミネーションが消灯していなかったから、まだ零時前だったはずだ。

気配を感じたつもりはなかったが、寝返りを打った俺の視線の先——部屋の隅に少女が佇んでいた。

（————!?）

俺は上半身をがばりと起こし、その姿勢のまま枕元に後ずさる。

夜の帳が降りに降りた病室。

少女はそのときテレビ塔の初雪のように白いＬＥＤライトに照らされ、登場の仕方がもう完全に幽霊だった。

ただ淡い光の中ですら、それとわかる美少女然とした容貌は幽霊度を増したが、一目でそれとわかる胸部の豊かな膨らみは、俺の独断と偏見によって幽霊度を下げていた。

吸い込まれるような綺麗な瞳の少女は無表情のまま、

「うらめしや」

舞い散る桜みたいな、儚げな声だった。

俺はどっちに転んでも由々しき事態に直面していると、瞬間的に確信した。

パターン１『幽霊が「うらめしや」と告げてきた』

身の毛のよだつ事案だ。

可及的速やかに塩を撒きたい。適切な念仏を唱えたい。

パターン２『生身の女が「うらめしや」と告げてきた』

なんなら、こっちのほうが身の毛がよだつ事案かも。

なにせ夜中に他人の病室に潜り込んで、初対面の第一声が「うらめしや」だ。エキセントリックなお嬢さんすぎる。

固唾をおかわりして見守る中。

少女は、その足でしっかり歩いて、こちらに近づいてきた。幽霊度ダウン。こりゃパターン２だな。

一応、ナースコールの位置をチラ見する。

俺では対処しきれない事態に発展したら、押させてもらおう。

そう思ってたのに。

ナースコールを押せなかった。

布団の上に投げ出していた俺の両手を、彼女に掴まれたからだ！

「…………」

「…………」

無言て。

俺から何か言うターンじゃないよね？

「……あったかいでしょ」

「え」

「わたし、まだちゃんと生きてるから」

俺の人生史を代表するほど異彩を放つ初登場をした彼女は手を離すやいなや、廊下のほうに向かっていく。その背中が、じゃあねと告げていた。

学校生活において、稀に初対面女子との会話が始まると、自分がズレた返しをやらかす前に先方から会話を切り上げてくれるのを、どこか会話開始直後から望みがちな俺なのだが。

さすがに謎すぎる！

たまらず声をかけていた。

「いろいろどういうことだ？　誰なんだ？　なんで出会ってすぐ手繋いでくんだよ」

柔らかくて、気持ちいいとか思っちまったじゃないか。

こんな理解の範疇を超えている子の手でも、美少女ならときめいちゃうのか俺は！　不覚だよ！　どうなってんだオスのメカニズム！

あと一歩で廊下というところで、彼女は振り返った。

「わたしは誰とも気安く触れあったりしないよ」

「じゃあ、なんで？」

零時を迎えたんだろう。この世が終わったかと思うほど、視界が一瞬でまっくらけになった。

テレビ塔の消灯時間のようだ。

窓からイルミネーションの光が差し込まない、真夜中の吹き溜まりの病室で。

現実感のない影になった彼女は――

「キミがわたしと一緒に滅びてくれる人だから」

開きっぱのスライドドアの彼方に消えて行った。

※　※

あれは、俺が見た新手の死神だったんじゃないか。

翌朝、陽光がでたらめに差し込む部屋で目覚めたときは、そんな風に思えたりもしたが。

思えば、あの子は俺とペアルックだった。

つまりこの雪幌病院の病衣を纏っていたのだ。

もしかして、また消灯後に会えたりするんだろうか。


昼下がり。ぶらついていた三階廊下。

なにげなく窓の外を見下ろした。

そこは雪幌病院の中庭ということらしいのだが。

中庭のくせに憩いの場感の乏しいというか、木々が生命力を発揮しすぎてる森林浴特化型空間だった。

俺はその中庭に初めて向かうことにした。

また会うことがあれば消灯後かと思っていたミステリアスな美少女が、見下ろした中庭の木々の隙間から見えた気がしたからだ。

『石田好位置くんとの出会いの巻（作戦編）』

ミニスケールの樹海みたいな中庭で、その小さなノートを開いた俺は、「?」マークで頭がいっぱいになった。

鮮やかな色ペンの丸っこい字で書かれた自分の名を、不思議な気持ちで眺めていた。

なんだこれは？

ほんの数分前。中庭に足を踏み入れた俺は、三階廊下から、その姿を見かけた気がする場所へとおおよその見当で、進んでいった。

柔らかい腐葉土の道から外れた木々の向こうに、あの少女の姿を見つけた。

テレビ塔のイルミネーションに照らされた姿しか見たことのない彼女だったが。

幼い印象を残しながらも、各パーツがことごとく美しく整っている顔や、メロン二玉ドロボーみたいな胸部は間違いない。あの子だろう。

（なにやってんだろ？）

大きな木の前に立った彼女は、俺の角度からは幹に手を伸ばし、腕を突っ込んでるように見えた。

ひとまず、なんて声をかけようか。

こんにちは？　昨夜はどうも？

そんな逡巡をしているうちに、こちらの存在に気づく素振りもなかった彼女は、俺とは反対側に立ち去ってしまった。

俺は、彼女がいた広葉樹の前まで移動した。

逞しい幹には、エゾリスの巣穴にでもなりそうな洞があった。

（腕を突っ込んでいたように見えたのってもしかして……？）

洞をのぞき込むと、中には枯れ葉が溜まっているようだ。

俺はおそるおそる手を突っ込んでみる。

枯れ葉とは違う質感のなにかに触れた！

端を摑み、取り出す。

それは——薄い文庫本サイズのノートだった。

表紙も裏表紙もなにも書いていない。

本当に、なにげなく開いた。

あとからの言い訳をさせてもらえるなら。人のノートを盗み見する趣味はなかった。

ただ、俺の病室に消灯後に参上した謎すぎる少女のことが気になって仕方なかったのだ。それでも、たとえばいわゆる乙女の日記の類いだとわかれば、根がエチケット尊重主義にできている俺はノートを即座に洞に戻しただろう。

ただ開いたページに、

『石田好位置くんとの出会いの巻（作戦編）』

俺の名前があったもんだから、閉じられなくなるよ。

※　※

『わたしと同じ病気の男の子が　雪幌に入院していることがわかった今
その第一次接触はどういうコンセプトで挑むのか
その作戦の全容をここに記しちゃお』

作戦の全容？

『まず初めに決めなきゃいけないのは
彼との記念すべきファーストコンタクト　わたしはどんな感じで出会えばいいんだろ
忘れられないインパクトがあるほうがいいかな（ないよりいいよね）
年頃の男の子って確か……謎多き女の子に弱いんだっけ
ってことはわたしはミステリアスガールになろう！（名案）
ミステリアスってことは　やっぱ定番は幽霊っぽい感じかな
最初の言葉も大事だよね　ふつうにあいさつしても面白くないし
幽霊っぽい言葉なら「うらめしや」がいいかも!!』

………。

『ミステリアスガールはきっと口数がすくないよね

最初だから長居もしない感じで

あんまりお話ししないんだから締めの決めゼリフ肝心だよね

アデュー！　アデューって何語？　↑フランス語みたい！

最後にフランス語を言って、去って行く子

わっ、これ絶対ミステリアスだよ～～』

………。

『でも別バージョン考えたいかも

たぶんわたし　アデューの発音　上手にできない気するし

「キミがわたしと一緒に滅びてくれる人だから」

わー　このセリフ良くない⁉　頭使ったよ～

これ思いつくのに　二時間かかりました！

でもでも　いいの浮かんで良かった～～』

『石田好位置くんとの出会いの巻（完了報告＆反省編）

第一次接触終えました

無事　締めの決めゼリフ　バッチリ言えました！　エラいぞわたし！
決めゼリフいっぱい練習して良かったな～
反省点としては　彼の手を握ったあと　ドキドキしてちょっと言葉が出てこなくなっちゃったことかな
でもすぐ言葉出てこなかったけど　むやみに間をたっぷり取るのも　たぶんミステリアスガール的には正解だよね
わたし　男の子と手を繋いだのって初めてだった　心臓の音　聞かれちゃわなかったかな
あれやばい　大胆すぎたかも
好位置くんに　えっちな子だと思われたらどうしよ
年頃の男の子って確か　えっちだと思った女の子と二人きりになれたら　スキンシップし放題だって思いがちなんだよね　↑次に会いに行くまでに覚悟しなきゃ』

……俺の中で、昨夜出会ったミステリアスな美少女の面影が、豪快に崩壊していく音が響いていた。

あの、やけに顔の整った、やけに胸の成長が著しい彼女は、あくまでミステリアスガールを演じようとした、「年頃の男の子って確か」から始まる凝り固まった考えを複数お持ちの、おそらく病室に秘密の私物を置いておく場所がないから、ノートを中庭の広葉樹の洞に隠すことを思いついて実行しちゃうような——ポンコツ娘だった。ポンコツ美少女だった！

そして、もちろん。

そんなポンコツ娘から昨夜手を繋がれたときにはドキドキし、まんまとミステリアスガールのイメージを植え付けられた俺も、まごうかたなきポンコツだった。

開いたページの一番下。丸っこい文字が、キラキラと目に飛び込んでくる。

『この生きる希望ノートの大きすぎる夢
「死ぬ前に一度でいいから恋がしたい　彼氏とキスとかしてみたい」
それが叶うかもしれない
わたしと同じ病気の彼こそ、わたしの運命の人だ』

俺はノートをそっと閉じ、洞に戻し、枯れ葉をまぶし、中庭を後にし。

悟った。

恋に恋してる女の子の、恋の対象に自分が選ばれたことを。

## 2

中庭から戻った夕方のことだ。

俺は、血圧と体温を計りに来た看護師の刈谷さんに、訊いてみた。

「俺と歳が近い感じで、入院してる子っていたりしますか？」

「……石田好位置と歳が近ぇ子？」

初日から俺をフルネームで呼ぶこの刈谷さんは、清潔なナース服をキッチリと着こなし、看護師らしい頼もしきテキパキさを備えているにも関わらず、目の下のクマだったり、ダメージを受けてしまった髪質だったり、気怠げなハスキーボイスがそう思わせるのか、どこか深夜の歓楽街（札幌在住の身にとってはススキノだが）の退廃的な雰囲気を、院内で漂わせていた。

「そんだけじゃわかんねえな。ヒント寄越せヒント」

他の看護師さん達は、一回りも二回りも年下の俺に対し、慎重というか丁重に接してくれていて。それは俺が余命宣告を受けている中学生だからだろう。

もちろん刈谷さんも俺の病気はわかってるはずだが、そのコミュニケーションに過度な慎重さや丁寧さを感じさせない。だから初日から異様に話しやすかった。

「髪が綺麗な女の子で、えっと」

「おい石田好位置よ。若い女の髪は、だいたい綺麗なんだよ。んなの特徴になんねえ。キューティクルが殆ど死んでる髪の女なら特徴になるけどな」

「髪だけじゃなく、顔も綺麗なんで……」

「世に言う美少女ってやつか？」

「世に言う美少女ってやつです」

刈谷さんの顔はいつのまにかニヤニヤしたものに変わっていた。

「当院きっての美少女といえば、そりゃ、ほのかだろうね」

「ほのか」

「石田好位置とも同い年のはずだ。なんだ、ほのかと話したのか？」

「いやあ」

ミステリアスガールに扮しちゃった彼女と、消灯後の病室でわけのわからない出会いを果たしてしまっただけで、まともな会話はしていなかったに等しい。

上腕式血圧計を俺の腕にセットし始めていた刈谷さんが、畏まった顔でこちらを見ていた。

なんだろう。

「あのさ、他でもない石田好位置に頼みがあるんだけど」

「他でもない俺にですか」

上腕式血圧計が俺の腕をグイグイ締めつける中、刈谷さんのまなざしは鋭くて、血圧が正常値の域を出そうだった。

「ほのかと、仲良くしてあげてほしいんだ」

「……」

「あの子は幼い頃から入院してて。学校にはまるで通えてなくて。だから同世代との交流もなくてさ」

「そうなんですか」

あ、でも。

「俺みたいに入院してくる同世代もいますよね」

「まあ、いるな」

「そういう子と仲良くなったりは？」

「目処が立ちそうだから、無理だ」

「メド？」

「ほのかは遠ざけちゃうから。退院時期の目処が立ちそうな子を。たとえ仲良くなっても、相手はいずれ退院して。病気と向き合い続けないで済む世界に行っちまうからさ、キツいんだよな」

「………」

「ってなわけでさ、ひとつよろしくしてあげてくれよな。でもよ、石田好位置もさ、好きになるよ。ほのかは看護師達の間で、病棟の天使って呼ばれている子だから」

「……天使」

「ン？　もう一回、血圧計り直すぞ。なんかエラー出てんし」

中庭を後にするときにも思ったが。

やはり、恋に恋しているほのかの目を覚まさなければならない。

俺は恋愛をしないほうがいい人間なんだ。

特に、天使と呼ばれるような女の子との恋愛は。

※　※

好位置という名前がベストポジションと変換され、略された「ベスポジ」というあだ名が抜群の定着率を誇った半生において。

ベスポジの他にも、俺に浸透したあだ名があった。

堕天使製造機だ。

あだ名における基本スタンスである呼びやすさを一切無視した長尺異名（9音！）を頂戴

することと相成った経緯。

それは小学五年生にまで遡る。

あの頃。

うちのクラスには、天使がいた。

やれ誰それは天才だとか。

誰それは怪物だとか。

誰それは神だとか。

小学校という極小コミュニティーのなかでは、平均値を僅かでも上回る一素養を発揮したやつを、天才呼ばわり、怪物呼ばわり、神呼ばわりしてしまいがちな井の中の蛙の腹の中のバクテリア期にあって。

各クラスにもれなくいる秀才や運動自慢や一芸持ちに与えられた「天才」「怪物」「神」といったお手軽即席称号とは格が違う、大称号――それが「天使」だった。

まず「天使」は、呼称としてのハードルが高いのだ。

いかに小五といえど、同級生の女の子のことを陰でならいざしらず、表だって「天使」と呼ぶのは、どうしたって気恥ずかしさを覚えるもの。恥ずかしいことは全力疾走で回避したいお年頃だ。普通なら、ちょっと天使みたいな子がいてもおいそれと天使呼ばわりはしない。オフイシャルに飛び交うあだ名にはなりえない。

だが。

同級生を「天使」と呼ぶことへの羞恥なんて微塵も感じなくさせるほど、うちのクラスの天使のそのお姿は、天使そのものといった愛らしさで。

そして、天使と言わずにはおれないほど、異次元の優しさを持っているとみんなが口を揃えていた。

天使の優しい心にまつわるエピソードなら、小五の間だけでも、壁新聞にできるくらいあった。

たとえばそれは――

社会科見学のバス移動で酔った女の子が吐いちゃったものを、自分のナップサックでキャッチしてあげたり。

国語の時間に、切ない物語を朗読中に涙ぐんでしまったり。

ドッジボールで顔面ヒットの末、半泣きになった男の子に、痛いの痛いの飛んでけをしてあげたり。

筆圧が弱すぎるせいで、字が薄すぎる子に、５Ｂの存在を教えてあげたり。

国際ロマンス詐欺のせいで、英語の授業ができなくなった先生がもう一度ネイティブな発音で「ＩＬＯＶＥＹＯＵ」と言えるまで慰めたり。

我がクラスが開校以来の点数のベルマークを集める原動力になったり、と。

俺はドッジボールで顔面に向かってきたボールは、やはり反射的によけてしまうため、半泣きにもなれず。

同じクラスにいながら俺と天使は、絡むことはなかった。

だが、俺と天使のそれは知らない間に絡み合っていた。

それとはなにか。

この頃、教室で育てていたアサガオだ。

鉢が隣同士だった俺と天使のそれは成長著しく、ある連休明けには、蔓がＵＳＢケーブルのワゴンセールみたいな絡まり方をしていた。

その「アサガオ絡まり事件」を機に初めて話すと……。

いつしか、俺と天使は付き合うことになった。

男子一同は、生まれてまだ十年そこそこにもかかわらず、大失恋を経験し。給食時間の校内放送には連日、失恋ソングがリクエストされた。

女子一同は天使の恋愛を祝福した。

俺に呪詛の言葉を吐き捨てていた男子連中も、このままでは天使に嫌われると危惧したからか、唇を嚙みしめながら表面上は祝福するようになった。

三ヶ月、半年、一年。

交際は順調に続いた。

俺は天使が好きだったし、天使は俺を好いてくれていた。

みんなの前ではイチャイチャするのは控えていたが、俺達が知らず周囲に振りまいていたその、ラブラブの空気感（自分で言うのは恥ずかしいったらないが）は、周囲に影響を与えていたらしく。

ある男子は言う。

「ベスポジみたいな普通の奴でも、天使の彼氏になれるんなら。オレだってクラスのあの子と！」

国際ロマンス詐欺の被害にあった女性教諭は言う。

「恋愛なんてもうコリゴリと思っていたけど。好きな人とILOVEYOUを言い合える人生を諦めちゃダメよね」

あの時代、あの小学校にいた人々は、恋愛にいつもより少し勇気を出せるようになった。積極的に恋と向き合った。好きな人と一緒になれれば幸せになれると信じた。

そして、問題の小学六年の秋になる。

天使が、毒舌を吐くようになっていったのだ。

今までの優しい天使だったら、教室で揉めている男子達の仲裁に入り、「事情を聞かせて。うんうん、ケンカはやめようね？」と、平和をもたらしたが。

毒舌を吐くようになった天使は、教室で揉めている男子達の仲裁に入り、「事情を聞かせて。口臭っ。口喧嘩はやめて、取っ組み合いのほうが早いんじゃない？」と言ったり。避難訓練で教室からグラウンドに移動した際、「皆さんが静かになるまで3分かかりました」と言った男性教師に対して。

「なんの指示も出さず、ボケっと突っ立ってるだけの教師がしゃべり出すのに3分待ちぼうけました」と返したり。

天使の毒舌は、老若問わず男全般に向けられた。

当たり前のように、俺にも毒舌は発揮された。彼氏である俺は彼女といる時間が多い。毒舌を吐かれる機会も多い。俺は聖人じゃない。毒舌を言い返すようになった。

俺との毒舌合戦が、天使の毒舌を日に日に進化させていく。それは傍で聞いていた男子達を震え上がらせ、一部のMっ気のある男子を身悶えさせた。

毒舌発症と共にわがままにもなっていった天使。堕天使と呼ばれるようになり。ベスポジと呼ばれていた少年は、堕天使製造機の異名を頂戴する。

天使を堕天使に変えたのは、彼氏のせいだと噂されたのだ。

堕天使化の原因として、俺の浮気説が最有力視されていた。

そのガセネタは、俺が綺麗なお姉さんと親しげに街を歩いていたのを見たという目撃証言と証拠の写真が、寄せられたためだった。

写っていたのは――俺の母ちゃん（美魔女）だった。

だから彼女が、俺の浮気を疑って堕天使化したなんてありえない話だった。彼女は俺の母ちゃんと顔見知りだったから。

堕天使のまま月日は流れる。そして、彼女は二学期の終業式に。

『大事な話があります』と放課後の公園に呼び出した彼氏に一方的に別れを告げ、誰にもなにも言わず、冬休みに転校していった。

大事な話があります。

女の子がこれを言ったあとには、予期せぬことが待っている。別れが待っている。

小学生にして、恋愛の一大トラウマワードを抱えてしまった俺だった。

堕天使製造機は、天使をこの世界から一人消し去ったとして。その小学校を卒業したメンバーがほぼほぼ進学する中学校という極小コミュニティーでも、継続して「大悪人」扱いを受けることになった。

だが、俺はそのことにあまり傷つかなかった。

彼女がどうして別れたがったのか。愚かな俺はなにもわからないまま、彼女ともう会えなくなってしまったことが、ただただショックで。

他のことに傷つく場所が心に残ってなかったのだ。

ラブラブな頃の思い出も、毒舌の応酬も、全て懐かしくなっていく。

こんな悲しい別れはもう経験したくない。

経験しない方法は、一つだけ浮かんだ。

もう誰とも彼氏彼女にならないことだ。

特に天使と呼ばれるような子との恋愛なんてもっての他だ。

俺と関わったことで、天使のような子が周りから堕天使と呼ばれるところなんて、もう見たくない。

※　※

長期にわたる入院生活のため、これまで異性との出会いがなかった少女がいる。

たとえ恋に恋してるとしても、その恋を応援してやりたい。

ただ、その恋に恋してる恋の相手にチョイスしたのが俺なら、話は別だ。

その恋から目を覚まさせなきゃいけない！

ほのかは近々、俺に会いに来てくれるのだろう。

そのとき、彼女からしっかり苦手な男だと思ってもらえるように、振る舞おう。

というわけで。

女性が苦手と感じる男とはどんなやつか？

俺は天使のような彼女をなんの自覚もなく、未だに原因もわからないまま、堕天使にしてしまった恋愛前科者である。

女心を、俺ごときがわかると思わないほうがいいだろう。

答えの出せない問題に向き合い、そろそろ夕食どき。

母ちゃんが見舞いに来てくれた。

入院していても、家族は一緒に晩ご飯を食べるもの。

そう思っている母ちゃんが、病院の夕食時間に合わせて、仕事を切り上げてくれていることには気づいていた。

献立には「すき焼き」とあったはずなのに、「牛の薄味肉を横付けした焼き豆腐」が出てくる病院食だったが。

ベッドサイドテーブルに広げられた母ちゃんのほうの食事（美魔女のディナー）は、ケールの濃緑の大きな葉が三枚とエゾ鹿肉のロースト。共にドレッシングなしだ。

俺のよりも遙かに味気なさそうなそれを美味しそうに召し上がっていた。

だから俺は母ちゃんの食事を羨むこともなく、自分の病院食をありがたく食すことができた。

ありがとね、母ちゃん。ところで、苦手な男ってどんなやつだい？

「そうねー。まだ出会ってまもないのに、『綺麗』だの『可愛い』だのすぐ言ってくる男は、微妙だね。アタシのうわべしか見てないんだなっていうか」

意外な意見だった。

美魔女の母ちゃんは、世間から「綺麗」だの「美人」だの賛辞をカツアゲするのが生きがいの人だと思っていた。

「出会ってまもないときこそ、男からは内面を褒めてほしいよね。で、永いこと一緒の時間を過ごしてもなお、いつまでも『綺麗』って言ってほしいもんよ」

サンプル数は1より2が好ましい。

夕食の食器を下げにきてくれたやさぐれ系看護師の刈谷さんにも、訊いてみた。

出会ってまもないのに、「綺麗」とか「可愛い」とか言う男はどう思いますか？

「なんかチャラいね。大概キショいわ」

よし！

苦手な男だと思ってもらえる秘策はできた。

あとは、先方との第二次接触を待つのみ。

消灯まで残り一時間。

個室の扉をノックする、小さな音が聞こえた。

病衣を纏い、死に至る病を患っているはずなのに。胸部の膨らみが立体的過ぎるためか、儚げな印象の乏しい美少女ことほのかだった。

「フフッ」

俺と目が合った彼女は微笑みかけてきた。

第一声で安易に「こんばんは」と言わないそのスタンスは、本来ならその整った容姿と相まって、ミステリアスガールの名を欲しいままにできたろうに。

幸か不幸かというか、まあ不幸だろうが、俺は中庭のノートを見てしまったせいで。

彼女の正体は、恋に恋するおっちょこちょいだと知れている。

「フフッ」

まだ笑ってらっしゃる。

おそらくこの第二次接触のオープニングを飾るその微笑みも、練習の賜なのだろう。バッチリ決まっていた。拍手をしてあげたい。

「……入っていい？」

ここでお引き取りくださいと言ったら、このミステリアスガールがどう切り返してくるのか、見たくもあったが。

「どうぞ」俺は招き入れた。せっかく用意した秘策を実行したい。

彼女は、俺のベッドサイドまできた。

「…………」

「…………」

「…………」

おっと、恐ろしいな。会話の主導権をこっちに委ねてきているぞ。

夜更けの病室にいきなりきて、来訪の意図も告げず、黙りこくる。

確かにミステリアスだけれども！

ミステリアスガールってこういうことなのか。

「病院の好きな献立って、なんだい？」と俺。

ただ、それはまんざら沈黙の気まずさをどうにかしたくて発した苦し紛れではなく。

本気で気になった質問だった。

俺はほのかに対し、「余命宣告を受けてる中学生」という共通項から、妙な連帯感が芽生えている自分に気づき始めていた。

例えるなら、原因不明で突然停止したエレベーターに乗り合わせた――助けがいつくるのかわからない、狭い空間に閉じ込められた二人みたいな。

「隔月に一回出てくるデザートのパンケーキが、わたしの大好物だよ」

それは芝居がかっていない素のほのかの声を、初めて聞いた瞬間だった。

空気を多く含んだふんわりした声が、「二ヶ月に一回」のことを「隔月」と言っていた。

「パンケーキか。まだ食べたことないな。楽しみにしてよう」

「今月はもう出ちゃったから。再来月だね」

「パンケーキの道は遠いな。他に好きな献立はある？」

「えーとね、今夜のすき焼きも好きだよ。ご馳走だったね」

「え」

あの、百グラムもなさそうな薄味肉がご馳走。

俺の小さな戸惑いを置き去りにして、ほのかは食べ物の話を夢見るような顔で続ける。

「クリスマスや誕生日にはね、ショートケーキも出てくるんだよ。甘くて美味しいの。なんとイチゴが乗っかってるんだよ！」

誰かのつまみ食い済みショートケーキじゃないなら、そりゃイチゴは乗ってるだろうよ。

そんな指摘を、目の前にいる健気な生き物にしたい人がいるならどうぞ。俺はパス。

「クリスマスの道もまだまだ遠いな。誕生日のほうはいつなんだ？」

「6月4日だよ」

「おっ、俺と一日違いだな」

「わっ、すごい！」

「ほのかが生まれた日のその前日が、俺の誕生日だ」

思えば、これが初めて彼女に向かって「ほのか」と声にした瞬間だった。

ほのか先輩10%。ほのかさん20%。ほのかちゃん20%。ほのか50%。そんな成分構成で呼んだ「ほのか」だった。

「あ、ほのかって呼んでもらえた」

彼女は「えへへ」と顔を赤らめて、はにかんだ。

「フフッ」と意味深な微笑みを浮かべて登場した際のミステリアスガールらしさは、いよいよ見当たらなくなっていた。

「ほのかも、双子座なんだな」

別に答えてほしかった質問ではない。誕生日が一日違いなんだ。俺としては自分の星座を、ただ口にしただけだった。

のだが。

ここでほのかは、自分はミステリアスガールだということを思い出しちゃったと思われる。

大至急謎多き少女になるべく、

「フフッ、わたしが何座かは、秘密です」

ぬかしおった。

いやいや、星座を非公表にするのは結構だけど。それは、誕生日を発表したあとにしても、意味がないのよ。

このあと、俺たちは互いの好きなものの話をした。

ベッドサイドの丸イスに座るほのかは、ときたま思い出したように「フフッ、秘密です」を挟んでくるのだが。

その秘密にする箇所というのが、悲しいほどポンコツで。

「病院食って痩せそうだな」と俺が言ったのに対し、ほのかはポロッと自身の体重を口にする自爆をしたのだが。

「わたし重いでしょ？」と、丸イスに縮こまるほのかに。

俺は、やはり胸の分の重さが、という感想は取り除いて。

「ほのかの身長なら、それぐらい全然普通だろ。むしろ平均以下だろ」と言ったら。

「わたしの身長は秘密です」

ぬかしおった。

ほのかよ。人間の身長は、見ればだいたいわかるんだよ。150センチくらいだろ。

俺はほのかが、異性へのアピールの一環であるところのミステリアスガールをもう演じなくてもいいようにしてあげるべきだと思った。

つまり俺は、異性へのアピールが不必要な相手だと気付かせる。

恋に恋している、その日を覚まさせてやるか。

次、秘密ですとぬかしおったら、即秘策を実行しよう。

「入院生活してるとね、平日も休日もないから。好きな曜日は、月火木金土サンデーかな」

日曜だけ英語なのはスルーしとくとして。

「なぜ、水曜日は好きじゃないんだ？」

「………それは秘密かな」

秘密の言い方に今までにない、儚い響きがあったが……。

俺はもう秘策即実行するマンになっていた。

「ほのかってさ、さっきからずっと思ってたんだけど。顔すごく可愛いよね」

さあ、出会ってまもないのに外見を褒めてくる男だ。

大いに苦手がってくれ、キモがっておくれ。

ベッドの傍らの丸イスに座るほのかの大きな瞳から、ぽろっぽろっと涙が零れていく。

「あれ？　あれ？」

自分でも戸惑っているのか、ほのかは涙の流れる頰をペタペタ触っていた。

そんな彼女の様子に俺も戸惑っているうちに、消灯時間を迎えた。

遠隔で一括操作してるらしい室内の照明と廊下の電気が、最後の線香花火のように、なんの余韻も残さず消えた。

あとはいつもの光景。カーテンの開かれた大窓から、さっぽろテレビ塔のイルミネーションが差し込んできて。

無機質だったはずの病室は、夜の遊園地の片隅みたいになった。

「いきなり変なこと言ってごめんな」

俺から容姿を褒められて、泣くほどキモかったのだろう。なんだろう、俺も泣きたい。

ほのかは涙を指で拭い、ポケットから出したティッシュでチーンと洟をかむ。

俺に向けてくれた顔は、はにかんだ笑顔だった。

「好位置くんは変なこと言ってないよ。ただ、びっくりしちゃって。嬉しくて涙出ちゃった。えへへ」

「嬉しい？」

「わたしね、幼いときから。出会ったばかりの人からは特に、内面的なことをね、褒められがちなんだ。ほのかちゃんはまだ小っちゃいのに、病気と闘っていて偉いね。病気に負けないで強いね。……………でもわたし、なにも偉くなんかないし、強くなんかないのに。こうとしか生きられないから、生きてるだけなのに」

「…………」

こうとしか生きられないから——。

ふんわりしたほのかの声で聞いたその言葉は、俺の心に永く残るだろうなと思えた。

「好位置くん！」

ほのかは不意に、丸イスの上で居住まいを正した。

大窓から差し込むピンク色のイルミネーションに照らされ、背筋を伸ばした美少女が言う。

「出会ったばかりのわたしのうわべを褒めてくれてありがとうございます！」

「…………」

うわべを褒めてくれてありがとうございます。その大真面目な声に、

「ぷっ」

俺はたまらず笑ってしまった。

「これからも可愛いと思ってもらえるように、わたし精進します。えへへ。こんなに嬉しいことをサラッと言ってくれる好位置くんのこと、」

ニッコニコした顔のほのかは視線を床に落とすと。

完全にひとり言のトーンの小さな声で、

「——好きになってよかったあ」

「…………」

視界こそイルミネーションのせいで目に賑やかだが、あくまで消灯後の病室だった。ド静寂。

だから、もろに聞こえちゃっていた。

「ほのかよ」

「なあに」

「『好位置(こういち)くんのこと』のあと、今なんか言ったか？」

ほのかはそこで「ううんううん」可哀想(かわいそう)なほど慌(あわ)てだした。

「ただのひとり言だよ。で、でもひとり言だから、な、なにも聞こえなかったよね？」

「あ、うん、はい」

ダメだ、ほのかはひとり言のつもりで発した声は相手には届かないと思っているようだ。

ポンコツである。

ポンコツほのか。あっ、略したら「ぽのか」だな。

内面を褒(ほ)められがちな彼女の内面の残念さに、言葉を失っていると。

ほのかは丸イスからパッと立ち上がる。

「わたし、そろそろ戻(もど)るね」

「ああ、じゃあな」

「じゃあね。あ、じゃなくて――」

ほのかは胸のところで小さく手を振(ふ)ると、

「adieu(アデュー)」

すごくいい発音でそう言い残し、去って行った。

最後にミステリアスガールっぽい締めの言葉を思い出したんだろう。

やるな、ぽのか。

## 3

恋に恋する少女の目を覚ます秘策が失敗に終わった翌日の昼下がりだった。

これから始まる全身性免疫蒼化症の投薬治療の方針説明を、診察室で受けた帰り。

俺は非常階段前で、病院では珍しい不謹慎なやつを目撃した。

そいつは看護師さんを捕まえて、駄々をこねていた。

「ほのか様の前で、ボクのことを余命三ヶ月の患者っぽく接してもらいたいんですよ。やり方としましては、ほのか様の前で『ボクは成人したら、積み立てＮＩＳＡではeMAXIS Slim全世界株式を』みたいな人生プランを披露していますから、通り過ぎざまに『積み立てＮＩＳＡできるほど人生残ってないから。余命三ヶ月のくせにウケる』的なセリフを吐き捨てていってください」

病院だもの、おかしなやつだっているだろう。

見た目的には小学生かな。関わり合いになるのは避けよう。

非常階段の前を素通りしようとしたら――

「アッ、石田好位置！」

駄々をこねられていた看護師の刈谷さんが、ちょうど通りかかったタクシーでも呼び止めるみたいに、こちらに手を上げた。

刈谷さんのその手には、タバコとライターにしか見えないものが握られている。

「あーしは昼食後に吸う一服が、仕事終わりに吸う一服の次に好きなんだ。ほのか絡みの頼み事なら、このほのかと仲良しになる宿命に生まれし者・石田好位置にしとけ」

刈谷さんはおそらく病院外の駐車場端にあるらしい喫煙所に走っていった。

ああ、院内は走っちゃダメだよー。

「ほのか様と仲良しになる宿命に生まれし者だと？　貴様は何者だ？」

非常階段前。おかしなやつが俺をロックオンしていた。

ひとまず俺を貴様と呼ぶ男を観察する。

世界中の滑らかさを独り占めしたかのように光沢がすごいシルクのパジャマ姿。色はシャンパンゴールドとか言うんだろうか。

なにより目を引くのが、涼しく整っている顔立ちの上——綺麗な銀髪だ。

派手に髪を染めている子供を目の当たりにしたときのあの、「不良」とか、「元ヤンの子供」とか。脳内に自動で想起される言葉が、今回は想起された瞬間に消えた。

それというのも、やつの身長は俺の肩ぐらいで。いかにも女子から「カワイイ」と持て囃されそうな愛玩動物系だったので、見れば見るほど不良っぽさを見出せなくなったのだ。

「猫か、子犬か。いやハムスターっぽくもあるな」

「コラ、何を言ってる？　ボクは妻夫木龍之介だぞ。14歳だ」

「おっ、同い年か」

おかしな小学生じゃなく、おかしな中学生だったようだ。

「すごい銀髪だな。入院中も攻めたオシャレを楽しみたいタイプなのか。いいなそれ」

「オシャレを楽しむ？　ボクがそんなご陽気な理由で髪を染めるもんか」

じゃあ、どんな理由で銀髪にしたんだよ。あ、ダメだ。口にするほど興味が湧かない。

「見ない顔だな。新入りか。名を名乗ってもらおうか」

さっき刈谷さんが呼んでいた俺の名を聞いてなかったようだ。

「石田好位置だ」

「こういち、か。フン、ボクは龍之介だぞ」

「なんで誇らしげなんだ」

「ところで、その、ええと」

龍之介がなにかキョトキョトしだす。

「どうした、便所か。そこの突き当たり右だぞ」

「ちがわい！　し、新入りは、ほのか様とはどういう関係なんだよう」

「……どういう関係」

恋に恋する少女ほのかの恋のお相手。それが俺。

ただ俺としては、恋の盲目少女の目を覚ましてやりたいわけで。

というのも俺は過去に元カノを堕天使にした――

うん、この説明めんどいな。

それ以前に初対面のやつにする話でもないや。

「ちょっとわかんないから。ほのかに聞いてみてくれ」

「………うぅぅうぅぅ」

「どうした膝から崩れて？」

片膝をついた龍之介は、いつのまにか充血した瞳でこちらを見上げてくる。

「呼び捨てにした。ほのか様を呼び捨てにした　……新入りは、ほのか様を呼び捨てにできる気安い関係を、脳内じゃなく現実で築いているのか」

「脳内っておい。ん、ベソかいてるのか？」

立ち上がった龍之介の瞳はもう、アイボンの直後くらい潤んでいた。

「ボクは寝取られ属性じゃないんだぞう」

「なんだって？」

「ボクの純愛ストーリーに途中から急に出てきた男キャラが、メインヒロインのほのか様と心を通わせていく。ボクの方が先に好きだったのに。そんな展開は、うぅぅ、ウエエエ」

まさかこの俺が、どっかの誰かの人生では、猛烈に歓迎されない登場人物になっていたとはな。ごめんと謝る気が起きなくてごめんよ。

涙ぐみながら嘔吐く男に、俺は言う。

「ところで、そっちはほのかとどういう関係なんだ？」

お前さんがほのかにほの字なのはわかったんだが。

龍之介はサッラサラの銀髪をかき上げながら、立てた指をメトロノームのように左右に振った。なんだろう、開始のゴングは聞こえなかったが、いけ好かない仕草選手権の予選が始まったのだろうか。

「世紀のラブストーリーというのはな。大きな障壁が二人の前に立ちはだかっているところから始まるもんなんだ」

「つまり全く交流できていないということか」

「うるしぇい。いつの日か、ボクがほのか様の半径10メートルで会話のキャッチボールをする姿を見て、新入りは嫉妬の炎に身を焦がすんだからな」

「もっと近く寄れよ。本当のキャッチボールが始まる距離じゃないか」

「そんな近くでほのか様と接して、ボクがヨダレ出しちゃったらどうすんだよ！」

「残念な子だな。わかった、じゃあ。そのときはすかさずティッシュで拭いてやるよ」

「あ、ありがとう。──拭くな！　ボクのような美少年の顔に触れて、貴様の中の０・０何％かのボーイズラブの部分が目覚められても困る」

「………」

「新入りは運がいいだけなんだからな」

「俺の運がいい？」

「わかってるんだぞ。ほのか様と会話してもらえてるってことは、貴様の人生はもう最終章に差し掛かっているんだろう。ちぇ。ちょっとばかり余命幾ばくもないからっていい気になるなよう」


初めて見たときに不謹慎なお願い事を看護師さんにしていた龍之介は、最後にすごく新しいタイプの難癖を俺につけ、去って行った。

不謹慎なお願い事といえば、ほのかの前で余命三ヶ月の患者扱い云々の協力を、俺には求めてこなかったな。まあよかった。お願いされても、食い気味で断ってたろうし。

非常階段前から、自分の病室に戻る途中。

「そこの殿方。つかぬことお聞きしたいのですが」

そこの殿方に、俺が該当しているのかわからなかったが。

振り返ると、
病院ではまず見かけない装いの人がいた。

艶やかな着物姿。大きな羽根つきの帽子。手には全て黄金の折り紙で折られた千羽鶴。

人間界に溶け込もうという努力をし忘れた妖狐みたいなご婦人が、俺を見据えていた。

「龍之介君のお友達の方でございますか？」

龍之介？

「あ。その」

確か俺は、やつの純愛ストーリーに急に出てきたNTR要員だったっけ。友達とは果てしなく遠そうだな。

なんて説明すればいいだろうか。

答えに窮する俺を、眼前のご婦人はどう解釈したのか、

「お友達かどうかなんて尋ねて、大変失礼しました。さきほど離れたところから窺っていたのですけど。貴方様と話しているときの龍君の活き活きとしたあの顔を見ればもう、一目瞭然でしたわね」

眩しいものでも見るように目を細めて、続けた。

「自己紹介がまだでしたわ。あたくしは龍君の母であり、第八代妻夫木家当主が妻、和千代でございます」

第八代。当主。あまり自己紹介で聞かない単語が飛び出てきたが、

「石田好位置です。龍之介君と同い年です」

自己紹介をこなすことに集中した。

「龍君のお友達になって頂き、有り難うございます。よかったわ。あの子はホラ、夜這い未遂事件を起こしてからは、いっそう一人の時間を大事にするようになったから」

夜這い未遂事件って。

龍之介よ、なにやってんだよ。

とりあえず、自己紹介を終えた舌の根が乾く前に。

俺は龍之介君の友達ではないです、と訂正を——

「龍君唯一のお友達である好位置さんにはわかっていてほしいのだけど。龍君は全身性免疫蒼化症という病を患っていて。本人は知らないのだけれど……、あたくしは龍君に残された命の長さについて説明を受けているの。好位置さん、良かったら龍君とずっと仲良くしてあげてくださいね」

できそうもなかった。

あまりにも気になったので。

夜這い未遂事件について、龍之介母・和千代さんから聞いて、別れた。

先月のある夜の消灯後、女性専用病棟の廊下をうろつく影。龍之介だ。

ほのかの病室を目指していたらしいが、当直の看護師に見つかり、あえなくご用。

なにが目的だったのか、黙秘を貫いた龍之介には、ほのかへの接近禁止命令一週間の裁きと、病棟の天使・ほのかを妹のように愛でる看護師達から警戒人物の烙印を捺されたそうだ。

病室のベッドでその話を思い返していた俺は、これだと思った。これしかないと思った。

堕天使製造機と呼ばれた男に、恋してしまった天使の目を覚まさせる方法。

早くも万策尽きたと思っていたところだった。

病棟の天使に相応しくない男だと、烙印を捺してもらうために。やるしかない。

スマホで一応『夜這い　マナー』と検索する。見よこのやる気。

※　※

真夜中の雪幌病院女性専用病棟を彷徨う人影——俺だった。

看護師さんに見つかりそうになることもなく。

『穂坂　微　様』

その病室ネームプレートの前に辿り着いていた。

（……「微」で、ほのかと読むんだな）

あとは、空調音しか聞こえない静謐な廊下の、非常灯の明かりしかない薄闇に突っ立ち続け、看護師さんに俺を発見してもらえば、晴れて夜這い未遂事件の達成だ。

そんなわけで。

突っ立ち続けること、二分くらい経過しただろうか。

――――！

扉の向こう、なにかが倒れた音がした。

（なんだ……？）

その重くこもった音は、

（……人がベッドから床に落っこちたら、こんな音がしそうだな）

静まりかえったままの廊下。誰かが駆けつけてきてくれる気配もない。

俺はスライドドアに手をかけた。


大窓から月明かりが忍び入る部屋だった。

ベッドの傍ら。倒れている人影！

俺は駆けだしていた。

最初に目についたのは、月の光を浴びて輝くような銀髪。

発汗によるものか、乱れた前髪が張りついていたその顔は――

「ほのか！」

浅く速い息を漏らす表情には力がなく、イメチェンで髪を染めたのかと聞いている場合では、絶対的になかった。

どこか虚ろな瞳が俺に向けられる。

「ナースコールするぞ？」

ほのかは「必要ない」と目顔で伝えてきた。

とにかく彼女を床に寝かせたままにはしておけない。

「ちょっと失礼」

俺はその身体をお姫様だっこの要領で持ち上げる。

汗ばんだ身体からは、ホットミルクのような甘い匂いがした。

ベッドにほのかをそっと横たえる。

布団をかけようとすると、掛け布団とタオルケットの他に、厚手の毛布があることに気づいた。空調で室温が常にコントロールされた病室では、意外な寝具に思えた。

「……さ、む……」

そこで、俺はほのかが酷く寒がっているのだとわかった。

寝具にくるまった彼女の布団越しの背中を撫でる。

布団越しに撫でてもなんの意味もなかったかもしれないが、

「…………ウゥ……」

ツラそうなほのかを前に、なにかせずにはいられなかった。

だから彼女が、ほとんど吐息の声で「……おみず」と所望してくれたとき、役に立てる喜びに心が跳ねた。

勢い勇んで、室内備え付けの小型冷蔵庫からミネラルウォーターのペットボトルを取り出した。

（……ほのかがベッドから落っこちたのは、これを取りに行こうとしてたのかもな）

キャップを開け、「ほのか、水だよ」と呼びかけると。

彼女は布団を巻き付けたまま、上体を起こした。

布団と身体の間に隙間ができるのを嫌がるように内側からおさえている様子で、ペットボトルを受け取る気配を微塵も発しなかった。

布団から頭だけ出したその顎をクイッと上げ、切なげな息を漏らす口を緩慢に開ける。

（…………）

エサを待つ雛鳥化したほのかだった。

俺は彼女の顔の前でペットボトルを慎重に傾け、中身の液体を彼女の口内に注ぎ入れた。

唇の端から一筋の水が零れてしまったものの、彼女はクピクピクピと喉を小さく鳴らしていく。

一気に飲むのは難儀だろうと思い、水の供給にインターバルを置くと。

開けっぱの口から、

「……もっと、ちょうらい」

舌っ足らずなおねだり。

俺は慌ててペットボトルを傾け——角度調節に失敗した。

ほのかが咽せてしまう。

「いっぱい出し過ぎだよぉ」


水を飲み終えたほのかが、ベッドに横たわっていた。

強い悪寒、倦怠感、熱、息切れ。

今宵のほのかを襲う症状群だった。

全身性免疫蒼化症の標準治療では、週に一度の決まった周期で、身体的にツライ症状が出る夜があると。俺は今日の昼に、医師から説明を受けていた。

なんでも、身体の中で薬が一生懸命、症状の進行を遅らせるために闘ってる証だそうだ。

ほのかの髪が銀色になったのも、薬の副反応が強く出る夜特有の症状のようだった。銀髪になることこそ共通しているが、患者個々によって、どんな副反応の症状が出るかは違いがあるとも聞いていた。

月下の病室。ベッド横のスツールに座る俺を眺めて、ほのかがやわらかな笑みを浮かべる。

「……好位置くんのそんな顔、初めて、見たよ……」

「俺、どんな顔してるかな？」

「心配で心配でって顔……。わたしは、平気、だよ……慣れてる、から」

小っちゃいときから、病気と闘っていることを偉いね強いねと言われてきたほのか。

幼い頃から、幾度もこんな夜を過ごしていたのか。

ほのかは浅い息の合間に「ごめんね」と漏らした。

「なにに、ごめんね？」

「わたしがこんな姿見せたら……。これから同じ治療を始める好位置くんを不安にさせちゃうよね」

自分がしんどい夜に、他人のことなんて思いやるなよ。この天使め。

副反応の夜は、看護師さんが巡回で真夜中に様子を見に来るらしく。

刈谷さんの登場に、俺は慌てたが、向こうはなぜか冷静で。

ベッドサイドに俺がいることを、特に驚いているようには見えなかった。

ほのかの体温（38・4℃だった）を計り終えたあと、刈谷さんは俺に言った。

「そんな心配で泣きそうな顔、男がすんな。ほのかは大丈夫だから」

俺はまたそんな顔をしていたらしい。

石田好位置、ほのかを頼んだぞ。刈谷さんが病室を出て行ったあと、蓑虫になったほのかが小さく笑った。

「わたし……、今夜ならこの世界から消えちゃっても、こわくないかも」

「なにいってるんだよ」

「……わたし、どうしても……、こわいことが、あったの……」

話すのがツラそうだったが、ほのかは話したそうだった。俺も聞きたかった。

「こわいことってなんだ？」

「若くして死んじゃうことよりも、あの人はひとりぼっちだったと思われて死ぬのが、こわいの」

「…………」

ほのかが俺のことを嬉しげに眺めて、

「でも今夜なら、わたしはひとりぼっちじゃなかったと、思ってもらえそう。えへへ」

「…………」

俺は今夜この子に、幻滅されようと思って、消灯後の部屋にやってきていた。

ほのかは天使みたいな、いい子。俺は堕天使製造機。

（自分の過去に囚われることだけに、俺は一生懸命になっていていいのか……？）

別れのショックをもう経験したくない。そんな俺は恋愛をしないほうがいい人間だ。

(自分の考えに囚われることだけに、俺は一生懸命になっていていいのか……?)

話すのも苦しそうな夜に、俺の存在をこんなにもありがたがってくれたほのかが、明日からも「えへへ」と笑えること。

俺にできることがあるのなら、できることがあるのなら――

# 4

翌日。

昼食を終えた俺の病室に、ほのかがきた。

俺と目が合うだけで「えへへ」と照れくさそうに笑って、彼女が言う。

「昨夜はありがとね。そばにいてくれて」

「身体は今ツラくないか？　寒気とか？」

「副反応の夜をやり過ごせたら、いつも通りの穂坂微だよ」

ほのかは、それが元気を示すアクションのつもりなのか。勝利宣言をするヒーローのように、腰の横に両手を添え、上体を反らせた。

ふんわりダサくて、大きな胸の主張が甚だしいポーズだ。

「潑剌としてて良かったよ。適当に座ってくれ」

ベッドの傍らの丸イスに、いそいそと腰掛けたほのか。

俺は気楽な話を始める。

「今日の昼食のデザート枠さ、バナナだったな。俺、バナナって皮に黒い斑点が出てる熟れたやつが好きなんだけど。昼食のバナナは鮮度良すぎで。ほのかはどんなバナナが好きだ？」

「大っきいのも小さいのも堅いのも柔いのも大好きだよ。わたしね、昨日の夜に、夢か夢みたいなことが起きちゃいました」

「おっと」

バナナトークが、ＴｉｋＴｏｋでスワイプしたくらい、あっけなく切り替わった。

こちらとしては、自分で始めたバナナトークなんかより、ほのかがしたい話に俄然興味が湧いた。

「なんだその、夢か夢みたいなことってのは？」

ほのかは、ちっちゃな深呼吸をして言う。

「……好位置くんがね。副反応の夜の中にいるわたしにね、『俺にできることがあるのなら、なんでも言ってくれ』って。イケボ声優みたいな声で言ってくれたの」

「あっ」

イケボ声優みたいな声を俺が出せるのか謎だが、その文言には身に覚えがある。確かに言っていた。

ほのかが赤らんだ顔で、もじもじして続ける。

「そ、それから好位置くんは……、副反応の夜で寒がるわたしの身体を、その、あっためるためにお布団の中に入ってきて――」

「夢だぞほのか！　それは夢だ！」

ほのかの布団に俺が入る？

そんな大それたこと、できるわけない。

ほのかが弱々しく笑って、

「ごめんね。全部夢だったんだね」

見るからにしょげていた。

「……全部が全部、夢というわけでもないぞ」

「ふぇ？」

「『俺にできることがあるのなら、なんでも言ってくれ』ってのは言ったんだよ」

「夢みたいなことが起こってた！」

ほんの十数秒前まで、萎れた花みたいだった子が、もう満開の花の笑顔を見せていた。

「俺にできることを思いついたら、言ってくれ。俺ができる範囲のことなら」

「好位置くんにしかできないことがあります！　わたし、好位置くんとなりたいものがあるの！」

「…………」

ほのかは恋に恋する女の子で。その恋の相手が俺だった。

そんな俺と、ほのかがなりたがるものといえば――

「なあ、ほのか、それは『カ』から始まるものか？」

「うん！　『カップほにゃにゃにゃら』だよ」

「ほにゃにゃにゃらには、もっと頑張ってほしかった」

ほにゃにゃにゃらが隠した気になってる部分のわかりやすさよ！

カップルになりたい。そう、ほのかから言われたら、俺はどうすればいいんだ？

昨晩、ほのかのためにできることがあるのならしたいと思った気持ちは、本当だ。寝て起きてもその気持ちは変わっていない。

でも、さすがにカップルは……。

一人勝手に懊悩する間抜けな俺に、ほのかが言う。

「わたしが好位置くんとなりたいもの、発表するね。それは……カップルＹｏｕＴｕｂｅｒなのです！　えへへへ」

「え、カップルＹｏｕＴｕｂｅｒ？　……カップルのＹｏｕＴｕｂｅｒ？」

ほのかは、コクコクッと頷いた。

「カップルＹｏｕＴｕｂｅｒになれれば……、いつ死んだとしても、ひとりぼっちだったって思われない。そんな究極の方法だと、わたしは思ったのでした」

「思ったのでしたってか」

――若くして死んじゃうことよりも、あの人はひとりぼっちだったと思われて死ぬのが、こわいの――

昨夜のほのかの声が蘇る。

気付けばほのかは、真剣な顔を俺に向けていた。

「そこで、わたしなんかに『できることがあるのなら』なんて言ってくれる優しい好位置くんに一世一代のおねだりをしちゃいます」

「一世一代のおねだりをされちゃいます。なんだい？」

ほのかの頬が紅潮する。濡れた瞳で、声を震わせて言う。

「……わ、わたしの彼氏に、わたしの、か、彼氏になっ……――彼氏のフリをする人になってほしいです！」

……彼氏のフリをする人。

本当は、彼氏になってと言おうとしてたんだろうな。ちょっと言いかけてたし。

一世一代のおねだりをすると宣言したあとでも。

彼氏のフリをする人、と言うのが精一杯だったんだな。

（……彼氏じゃない、彼氏のフリをするだけじゃないか。それなら俺だって）

過去の諸事情により、絶対恋愛しないマン（特に天使との）になっている俺だが。

一世一代の精一杯を見せたくなった。だから、

「……俺で良かったら。ほのかの彼氏のフリをする人、させてくれ」

「や、やったよー！」

ほのかはその場でぴょんと跳ねて喜びを爆発させた。

一応、注意事項だけは忘れずに伝えておく。

「俺は、その昔この世界に堕天使を生み出したことのある男で。だからもし、ほのかが堕天使になりかけたら……。すまんがそのときはカップルYouTuberを即日解散しようとする俺を、許してくれ」

多分、おかしなことを言ってる俺だった。

※　※

カップルYouTuberを始めるにあたっての、打ち合わせが始まった。

「まず決めなきゃいけないことがあります！」

「なんだい？」

「カップルYouTuberのチャンネル名ってどうしよっか」

「俺はそういうの全然わかんないな。普通はどうするもんなんだ？」

「たとえば簡単な感じでいくなら、本名をそのままチャンネル名にしたりとか」

「石田好位置と穂坂微チャンネル」

「本名の成分のみ過ぎるね」

「じゃあ、どうしたら？」

「ええと、カップルＹｏｕＴｕｂｅｒさんは４文字のチャンネル名多いかも。彼氏さんと彼女さんの名前を２文字ずつ組み合わせる感じで」

「ああ、なるほどね」

「わたしと好位置くんなら、『ほのいちチャンネル』って感じかな」

「おぉ、カップルＹｏｕＴｕｂｅｒっぽい気がする」

「でも、それだとインパクトに欠けるっていうか」

「インパクトって必要なんだな」

「うん、他の人と被りすぎてないのがいいなって。あと動画のジャンルやテーマが連想できるのもいいなって。カップルの動画なんだってわかるような」

「ほうほう」

「それとできるだけ短いほうがいいかも。チャンネル名が長いと覚えにくいと思うし。覚えやすさを大事にしたくて」

「被りすぎてなくて、連想できて、短くて、覚えやすいか。激ムズの予感だな」

「実はわたしに考えついたのがありまして」

「おお！　すごいな。聞かせてくれ」

「コホン。では発表します。……『同じ墓チャンネル』」

「…………」

「いかがでしょうか？」

「お、おう、ごめん。ちょっと説明してもらっていいか」

「まずラブラブな二人って、仲良し夫婦になる未来もあると思ったのね。そして仲良し夫婦の未来は同じ墓に入ることだったりするかなって。だからカップルYouTuberのチャンネル名に、同じ墓ってワードは相性いいかもって思えて。あとわたし達って、二人とも余命宣告を受けているわけだから、イメージ的には『墓』って合ってるかもと思って。あ、でも、被ってるかどうかまだ調べてなかったよ」

「いや、それは調べなくても大丈夫だろ」

墓なんてワード、石材店のYouTubeチャンネルでも使ってない気がするよ。

「えっとじゃあ、チャンネル名は、それで決まりか」

どうしたんだろう。ほのかの顔が、苦い薬を水なしで飲んだみたいに険しくなった。

「好位置くん、ちょっといったん落ち着いて」

「俺は落ち着いてるつもりだったんだが」

「人から『YouTubeやってんだね。なんてチャンネル？』って聞かれたときに、『同じ墓チャンネル』って言うの、ヤじゃない？」

「その感性は正しいと思うなぁ」

「あ、でも『同じ墓』を略して『おなはかチャンネル』なら、4文字だし。いいかも」

「4文字チャンネル名ってさ、彼氏と彼女の名前を2文字ずつ組み合わせてる場合が結構あるって話だったよな」

「そだよー」

「じゃあ、おなはかチャンネルの由来を知らない人は、おな君とはかちゃんがやってると思うかもしれないのか」

「おなちゃんと、はか君の場合もあるね」

「…………」

「……『おなはかチャンネル』は、やめたいです」

「その決断は正しいと思うなぁ。よし、新しいの考えよっか」

「でもでも、『墓』って単語を使わずにチャンネル名はどうしたらいいの？」

「大丈夫だ。ほのかに耳寄りなことをお伝えするけど、実はこの世には『墓』以外にも沢山の単語があるんだ」

「好位置くん、患者図書室に行けば広辞苑ってあるよね？」

「待て！　なんか途方もないことしようとしてるだろ」

「だって、なにをとっかかりにして決めればいいかわかんないんだもん」

「たとえばほのかの好きな言葉はなんだ？　それを入れたチャンネル名にするってのはどうだ」

「わたしの好きな言葉は……………恋、です」

「です？　ＤＥＡＴＨ？　死？」

「違うよ！　恋ですって言ったの」

「ほのからしいな。『恋』が入ったチャンネル名か」

「好位置くんの好きな言葉も言ってよ。その言葉も入れようよ」

「好きな言葉って、意外とパッと出てこないな」

「好位置くんが人生において一番大事だなって感じてるものはなあに？」

「命かな」

「あ、うん、そうだね」

「すまんこういう質問って、普通『命』の次に大事にしてるものを発表するのが、暗黙のルールだとわかってるんだが」

「わたし達って命の大切さを日々感じがちだもんね」

「じゃあ、命と恋が入ったチャンネル名か」

「漢字よりひらがなのほうが可愛くなるよね」

「『いのちこいチャンネル』……。ほぼ語感が『命乞い』だな」

「病気しているわたし達は、神様に命乞いしているような気がするときあるけど」

「じゃあ、『いのちこいチャンネル』はとりあえずキープか」

「ボツがいい！　好位置くんとわたしがいろんな面白いことする動画なのに。チャンネル名を口にするたんびに、テンションやんわり下がる気するもん！」

「……『恋』と『命』を取り入れたチャンネル名……。ひとつ浮かんじゃったんだが」

「好位置くん、発表をお願いします！」

「……『命短し恋せよ男女チャンネル』」

「………」

「自分が発表したあとの、相手の沈黙ってすごく怖いんだな。さっきはすぐ反応しなくてすまんかった」

「頭の中で何度か口ずさんでみたんだけど。わたしはいいと思う！　ちょびっと長いけど、語呂がいいから覚えやすそうだし。動画のジャンルが恋愛系だって連想できるし」

「おお」

「『命短し恋せよ男女チャンネル』が、動画をいくつもアップしていけたら。視聴者さんから親しみを込めた略称で呼ばれるようになったりして」

「すると、そのときの略称は……」

「『いのちこいチャンネル』かな」

「…………」

「ねえ、好位置くん」

「なんだ、ほのか」

「『命短し恋せよ男女チャンネル』の略称は、せめて『い』を取って、『のちこいチャンネル』で浸透するように、あの手この手でいこーね！」

「ああ。コメント欄に『いのちこいチャンネル』って書く輩がいたら、即刻削除依頼だ」

こうして、チャンネル名は決まった。

※　※

命短し恋せよ男女チャンネル記念すべき第一回放送の収録を、ほのかの病室にて行うことになった。

消灯前にくるのは初めてだ。

ベッドまわりの小物に、女の子がいる空間っぽさが漂っていたが、なにせ機材の存在感だった。

無骨な三脚と、金魚すくいのポイみたいなのを前につけたマイクと、リング型のライト。

動画撮影の準備は万端のようだ。

この機材一式はどうしたのかと聞いたら、昔「20代看護師一人暮らしの酔いどれ家呑みチャンネル」をしていた刈谷さんからのお下がりだそうだ。そのチャンネルはあとで、チェックするとして。

リハーサルをがっつりしました感がないほうがいいということで、ぶっつけ本番。

カメラを回してみて、ダメそうな箇所はそのあと編集でチャッチャッとだそうだ。

「好位置です」

「ほのかです」

「『命短し恋せよ男女チャンネルです。うむにゅ！』」

病室のベッドに隣同士に座る俺とほのかは、片手で目元だけ隠す挨拶をする。

このポーズは、チャンネル名を決めたあとに生まれた。

ナースコールを掲げながら挨拶するってアイデアが、暫定一位になってしまう煮詰まり中(正しくは行き詰まるだが)、

「おっと、石田好位置の部屋にほのかが来てんのか。いいね、青春だな」

血圧と体温を計りにきた刈谷さんに、

「萌さん、あの、なにか挨拶のポーズってないですか？」と、ほのか。

「なんだいその、挨拶のポーズってのは?」

やさぐれ系看護師の刈谷さんの下の名前が「萌」だったことに、軽度の驚きに襲われた俺。

ほのかは、開設するYouTubeチャンネルの挨拶のポーズを決めかねていることを打ち明ける。

「そうだなー。こんなのはどうだ。——刈谷萌でぇす!」

そう言って繰り出されたのが、掲げた片手で目元を隠すという——なんというか、ススキノの匂いがするポーズだった。

「ほいじゃ、石田好位置のスリーサイズもわかったし、邪魔者は退散すんよ」

俺のスリーサイズ(上の血圧・下の血圧・体温)を計り終えた刈谷さんは去って行った。

「ねえ、好位置くん。今モエさんがした目元隠すポーズ。良さげじゃなかった? わたし、あんなポーズ見たことないし!」

嗚呼、純粋なほのかよ。

この大通公園に面した雪幌病院の最寄りから地下鉄で一駅のところにある北の歓楽街では、多分、割と溢れてるポーズなのよ。俺も詳しくは知らないけどさ。

そのポーズに、謎のかけ声「うむにゅ!」も付け足し、挨拶の仕方が一応決まった。あとで確認してヤバかったら、編集でカットして、挨拶部分だけ撮りなおそう。

「わたし達が、YouTubeチャンネルを始めることになりましたあ」

自ら拍手。初回ということで、自己紹介を始める。

二人とも病衣姿で、撮影場所は病院のベッド。その説明をする。

俺とほのかは同じ病気を患っていること。

入院している病院で出会って、付き合うことになったこと（という設定）。

今後やっていきたい動画の内容を、ほのかが楽しげに話しだす。

「わたしは、ドッキリとか憧れるなあ。せっかくずっと入院してるんだから、病院ならではのドッキリしたいよね」

「病院ならではのドッキリ。なんか倫理観的に危険な匂いがするな」

「好位置くんは、病院ならではのやってみたい企画ある？」

「そうだな。病院食の食レポとか？」

「いいね！　でも飯テロ動画になっちゃうかも。こないだなんて、すき焼きが出たし。えへへへ」

牛の薄味肉ではなく、気合いの入ったすき焼きをほのかに腹一杯食わせてやりてえな。

「質問コーナーも憧れるなぁ。ぜひぜひ質問送ってください。うむにゅ！」

ほのかが目元を片手で隠す、アレなポーズを突然やってのける。

「ど、どうして挨拶のポーズを今？」

「これ気に入っちゃったから。挨拶だけに使うのもったいないかもって」

「いや、それは多用しないでおこう。特に質問送ってくださいのあとにそのポーズをすると、アレ系な質問がメチャクチャきそうな気がする」

「アレ系な質問？」

「なあ、ほのか。手繋ぎデート。お姫様だっこ。ほっぺにチュー」

「……な、なんで急にそんな恥ずかしいこと言うの？　うぅ」

こんな言葉で顔を赤らめてしまうほのかに、アレ系な質問のアレとはなにかなんて話、うん、やめとこう。

「自己紹介も済んだし、今後やりたい動画の話もできたし。今回の放送はこれで終わりか？」

「あ、そうだ。まだ一個だけしたいことあったの」

「なんだ？」

「超カップルっぽいことだよ！」

「超カップルっぽいことだと？」

「コホン、これからしたいことを発表します……。『彼氏のスマホの検索履歴抜き打ちチェック』です！」

「ああ」

「どうしたの好位置くん？　顔色変わってないよ」

「顔色変わってないなら、問題ないじゃないか」

俺はスマホを懐から取り出した。

入院してからは検索自体、ほとんどしなくなっていた。

見られて困る部分があまりにも無さ過ぎるスマホを、「ホイ、どうぞ」と、ほのかに渡した。

「こ、好位置くん、プライバシーの侵害を許してくれて、すみませんありがとう」

恐縮した様子で、俺のスマホを恭しく操作し始めたほのかの手が、

「…………」

早々に止まっていた。

「検索履歴がつまらなすぎて、絶句してるのか？」

「ねえ、好位置くん」

「おう」

「これなんだろ？」

「なんだ、言ってみてくれ」

「『やばい　マナー』ってあるよ」

「やばいマナーってなんだよ。そんなの検索した記憶ないぞ。……ん？」

マナー？　なにか記憶を掠めていくものが。

「……あ、検索した日付、消灯後にわたしの部屋に好位置くんが来てくれた日の夜だ。これ、

『やばい』じゃなく、『よるはい』って言うのかな」

「………」

「どーゆー意味かな?」

「さ、さあ、ちょっとわかんないな」

自分で検索しておきながら無理のある説明である。

「えっと、うんしょ」

スマホの操作を再開するほのか。

「なにやってらっしゃるんだ?」

「意味調べようと思って、検索しているの。あ、これ、夜這いって言うんだ。——『夜、異性の寝所へ忍び入って情を通じること』」

「………」

情を通じるの意味は、知らないご様子のほのかだったが。

その場合、検索は続くわけで。

「『情を通ずる』……——ひそかに肉体関係を持つ」

読み上げたほのかの耳が、みるみる朱に染まっていき。

つまり肉体関係を持つの意味は、知ってるご様子だった!

「好位置くんは、わたしの副反応の夜にどうして消灯後に来てくれたんだろうって、実はちょ

っと不思議に思っていました……」

「ああ」

「でもあのとき好位置くんは、わたしと、に、肉体関係を――」

顔を真っ赤にしたほのかが、ナースコールを押す必要のない理由で、ぶっ倒れた。

チャンネル登録や高評価をよろしくといったお決まりのフレーズを言う前に、初回放送の収録は終わった。


初回を配信し終えると、看護師さんから好意的な反応が届くようになった。

感想は決まって、ほのかの可愛さを愛でるもの。

編集作業を手伝ってくれた刈谷さんは、「あーしが当直の夜なら、夜這いに協力してもいいよ。ただ、当院には産婦人科ないからね」と、きわどいジョークを飛ばしていた。

動画のコメント欄でも、ほのかは人気だった。

〈可愛すぎます〜！〉

〈彼女さんのふんわりした声　癒やされる〉

〈天使発見！　もう推せる〉

〈顔真っ赤にして、ほんまかわいいいい〉

〈ほのか様の隣にいる野郎に告ぐ　もし夜這いなんてしたら、ボクの全権力を駆使して貴様の

病院食からデザートを抜きにしてやる〉
…………龍之介よ。

余命宣告を受けている俺とほのかには、人生の時間がきっとそう多くは残されていなかった。

だが、学校にも行く必要がない日々は、やることがない。

来年も再来年も当然生きているつもりの人だったら、未来のために今日やるべきことがあると思うが。

周りの大人は、勉強しろとも将来のことを考えろとも言わない。ホスピタリティ溢れる顔で「したいことをしてね」と言ってくれる。

俺の入院生活に、カップルYouTuber活動があってよかった。そう思うようになっていた。余命宣告を受けている身なのに、あやうく退屈で死ぬところだった。

視聴者さんのおかげで質問コーナーの動画も配信できたし。

ほのかが俺に仕掛けたドッキリ企画もアップできた。

記念すべきドッキリ第一号は『【ドッキリ検証】彼女のおっぱいが大きくなっていたら、彼氏は気づくのか⁉』

ちなみに俺は気づくのにだいぶかかった。

無理もない。

ほのかの胸は、ブラジャーにパッドを入れて、Gカップになっていたんだが。

何もしていない胸がすでにEカップだったそうだから。

〈可愛いしスタイルいいし憧れます！〉

〈かわいいがすぎる〉

〈こーいちくん鈍感で草〉

〈ほのか様　ああほのか様　ほのか様〉

ほのかの胸は日本三景だったのか、龍之介よ。

※　※

投薬治療をスタートさせて数週間。

俺にも副反応の夜はきた。木曜日の夜だ。

いつも適温の病室で、ヘンな肌寒さを覚えた。

俺の部屋だけ、誤って冷房が起動した？

室温計を見るも、快適な温度が表示されていた。

室温計が壊れているのか？　わけがわからなくて俺は窓を開けてみた。

室温より十度は低い外気が室内に入り込んでくると、

（――ッ！）

シャワーを浴びているときに、急に水が出てきたときのような、痛いほどの冷たさに肌を突き刺される。

慌てて窓を閉める。

窓に反射した自分の姿、髪が銀色になっていた。

なすすべもなく俺は、布団にくるまった。

寒気はみるみる増してくる。喉もおかしい。やけに粘ついた、血の混じった唾が出た。

巡回にきた刈谷さんが、

「副反応の夜が始まってんじゃねえか。寒気か？　汗もかいてるな。ちょっと待っててな」

厚手の毛布を持ってきてくれる。

（……暖かい）

「他にツラいところはないか？」

「喉が痛いです」と発したそれは、自分の声ではないみたい。平たい石を擦り合わせたような

ザラザラに乾いた低い音だった。

刈谷さんは言う。

「咽頭痛か。呼吸はしづらくないか？」

「平気です」潰れた声で答えた。

「石田好位置、しんどいだろうけど、苦しいだろうけど……」

頑張れというように、刈谷さんは一度、俺の手を強く握った。

蒼化症患者は一人、この夜を耐えるしかない。

身体の内側は凍りつくように冷たいが、身体の外側にはなぜか汗が滲む。

意識は逃げ場もなく、壊れた身体に囚われる夜。眠れそうにない。

(……喉が、渇いた)

ベッドサイドに置かれたペットボトルをたぐり寄せる。

なんの気になしに、水を飲んで——激痛に襲われた。

ゴクンと嚥下したときに、喉に泣きたくなるほどの痛みが走ったのだ。水ではなく、激辛ソースが塗りたくられた無数のガラス片でも飲み込んだみたいだった。

咽頭痛。

喉が痛いというだけのことが、これほどツラいことだとは思わなかった。

発汗が止まらないために、やけに水が飲みたくなる。だが、ほんのわずかな量の水を飲むのだって、あたり前にゴクンと嚥下しなきゃいけないのだ。

喉の渇きに耐える、喉の激痛が嫌で、水を我慢する。

そして当たり前のように、脱水症状に陥った。

夜中に電解質輸液（点滴(てんてき)）の処置をしてもらって。ついに眠(ねむ)りが俺の意識を攫(さら)ってくれた。

副反応の夜を少しでもマシに過ごす方法を、来週の木曜までに見つけておきたい。

# 5

いつだったか、ほのかが憧れのYouTuberのことを話してくれた。

余命宣告を受けたガチ難病系VTuber【刹那　命】

俺は言う。

「じゃあ、その刹那命とやらは、入院しながら配信してるってわけか？」

「そだよ。笑わない天使セツナミ様はこの世界のどこかの病室で、ゲーム実況してるの」

「へえー」

「学園もののゲーム実況中に、持論がダダ漏れるんだけど。それはファンの間で『セツナミ様の青春無価値論』って言われててね」

「青春無価値論」

「青春的なイベントに対する偏見が、ネガティブなんだけど。なぜか不思議と元気が湧いてくるの！　雑談配信も朗読配信もしてて。声優さんみたいに全然噛まなくて。透明感のある凛とした声がもぅ、くぅー！」

仕事終わりのビールにありつけたサラリーマンみたいな声を上げて、ほのかは続ける。

「セツナミ様は多分わたしと年も変わらないのに。病気と闘いながら、人生が残りわずかでも、動画配信して誰かを喜ばせるって。ほんと凄かったんだ！　わたしの憧れ」

「凄かったんだ？　過去形なのか」

「うん、セツナミ様、今は活動休止してて。ＳＮＳでもなんの情報もないから。容態が悪化したとかじゃなければいいんだけど……」

「心配だよな。そのセツナミ様は、ちなみにどんな病気なんだ？」

「公表はしてないんだけど、もしかしたらね……。わたし達と同じ病気かもしれないなって思うことあって」

「どうしてそう思ったんだ？」

「うん。セツナミ様は、不定期でライブ配信してるんだけど。アクセス数が増えそうな土曜日の夜だけはなぜか配信したことないの」

「土曜が副反応の夜なのかもってことか」

「それにＶのアバターも銀髪だし。セツナミ様、寒さ対策グッズに凄く詳しいんだよ！」

状況証拠の一つ一つがどれも小粒だったが、俺は気にしない。

「よっ、名探偵」

「えへへへ」

いつだったか、刈谷さんが病院の裏事情を話してくれた。

「うちの病院ってさ、日に日に国内有数の全身性免疫蒼化症の専門医院といえば専門医院っぽくなってきてるわけじゃん」

「あ、そうだったんですか」

「蒼化症患者が三人も入院しているからな。病院に寄付も寄せられているみたいだ。それで蒼化症患者に、『脱・気兼ねと、ぬくもりを』って」

「脱・気兼ね？」

「毎週の副反応の夜。ただでさえもツラいのに、大部屋だったら同室で眠ってる患者に気を遣っちゃうだろ。だから寄付金は療養環境を整える名目で、蒼化症患者の個室利用補助金にもまわってる。気遣いのストレスは、病気の身体に堪えるからな」

「ぬくもりのほうは？」

「副反応の夜、悪寒症状のときに出てくる毛布代だ。あの厚手の毛布、肌触りヤバいだろ。カシミアらしいぜ。中学生のくせにカシミアに包まれて眠るって、どんな大人になるのか末恐ろしいぜ」

「末は恐ろしくないですよ」

こちとら余命宣告を受けていて、大人になれない可能性大です。

「そんで今度、この国内でも有数の全身性免疫蒼化症の専門医院といえば専門医院に、よそで入院していた蒼化症の女の子が電撃移籍してくるんだ」

「電撃転院ですね」

「石田好位置よ。アレらしいな、すげえいい女をモノにした男ってのは、自分はこんないい女と付き合えるレベルの男っていう自信をしこたま手に入れて。そっから浮気性になるやつが後を絶たないだか、後を絶ちそうで絶たないだかしてるらしいな」

「うわ、どっちも後を絶たないバージョン。ってなんですかその話。なぜ今、なぜ俺に？」

「石田好位置は病棟の天使ほのかの彼氏だかんな。さぞかし男としての自信をうなぎ登りさせていることだろうな。蒼化症を患う全ての女の子の青春には、石田好位置という名のスイートな思い出を与えてあげたいと、思ってもおかしくないだろう。新入りよ、二股はするなよ。ほのか様を泣かせたら、ボクが許さないぞ」

新入り？　ほのか様？　ボク？

「刈谷さんもしかして……」

「なんだ？」

「ここにくる前に、龍之介に会いました？」

「まあな。いつだったかの、ほのかの前で余命三ヶ月の患者扱いしろっていう願いは、龍の余命は実際一年はあるから聞いてあげられなかったが。今回の石田好位置に忠告を、ってのはまあ、聞いてやってもいいかと思ってよ。だって龍のやつときたら、『發』とか『中』を待ち焦がれる雀士みたいな真剣な瞳で頼んでくんだぜ。しかもタバコも二箱くれてよ。なんと！赤ラークだぞ」

「タバコの銘柄わかんないです。なんと！　がどのレベルかわかんないです」

「まあ、でも石田好位置よ。ほのかを泣かせたら、許さないってのはあーしも同じさ。新しくやってくる蒼化症の女の子がたとえ激マブ美少女でも、ハグとかペロンチョくらいまでにしとけよ。それ以上は浮気だからな」

刈谷さんの浮気判定、ゆるいな！　ペロンチョってなんだ。

※　※

ほのかの病室で動画撮影の日だ。

事前に聞かされていたのは「まったり雑談トーク回」だったが。

実際は違うのではないかと思っていた。

というのも。

今日の内容を昨日説明してくれたときのほのかの目が、いつも以上に爛々としすぎていたというか、形のいい小鼻も膨らんでいたというか。

ただの雑談回の事前説明なのに、興奮が隠せてなさすぎなほのかだ。

まるでドッキリ企画のときのような興奮状態。

おそらくほのかは、今日俺になにかしらドッキリをしかけてくる。

その心づもりで、俺は午前中のほのかの病室に出かけて行った。

とりあえず、あやつの胸を最初に凝視しておこう。


彼女のおっぱいが大きくなっていたドッキリをもう一度、というわけではなかったようだ。

病室のベッドで上体を起こしているほのかの胸は、すこぶるボリューミーだったが、それはいつものボリューミーだった。

ベッドの足下に俺は腰掛け、録画を開始する。

トークテーマは「入院生活のあれこれ」。

まったりとした雑談回を始めた矢先。

ほのかがベッドテーブルに置いていたペットボトルに手を伸ばすと、取り損ねて——

それが俺の病衣の股間に、ダイブしてきた。

キャップがしてあるから大丈夫だろうと、甘く見積もっていたのもつかの間。

股間に不快な冷たさが広がる。キャップが緩んでいたらしい。コポコポと水が漏れだしていた。

「ご、ごめんなさい！」

慌てたほのかがティッシュを掴むや、俺の濡れた部分を拭き始めて――

「ちょ、ほのか！」

俺の大事なところに病衣越しにタッチしてると、ほのかが気づいたときには、

「ぴにゃあ――――！」

事件のような悲鳴をあげた。

天使は無事か！　看護師たちは、「FBIだ！」と叫びながら突入してくる米国捜査機関の勢いで駆けつけてきた。

頰を上気させたほのかが、「好位置くんの……あそこが、あそこを」と、口の中でゴニョゴニョ言い始める。

看護師たちが、余命宣告を受けている男子中学生に向けるにしては、侮蔑の色が滲みすぎている視線をぶつけてくる。

これはアレか。

『【ドッキリ】彼女が彼氏の股間に水を零したら【過激】』なのか？

いや、さすがにこんなドッキリはないか。

これはアレだ。

おそらく、ポンコツほのか略してぽのかが招いたハプニングだ！

看護師たちは、事態に深刻さが見当たらないことに気づいて退室していった。

濡れた病衣を自分で拭き終え、雑談がまったり再開する寸前。

「ごめん、ちょっと電話」

ほのかのスマホが鳴っていた。

「俺、部屋出てるな」

「ううん、いていて絶対いて」

俺の退室に対する強固なノーサンキュー姿勢。なんか引っかかる。

そういえば。

着信音が鳴る間際に何度か掛け時計をチラチラ見ていたのも変に怪しい。

ほのかはビデオをRECにしたまま電話に出た。

「もしもし。あ、久しぶりー。どしたの急に？」

どしたの急に？　はこっちのセリフだった。

ほのかの声は、まるで台本でも読んでるかのような、軽い棒読み。

電話、繋がってない？

そんな疑念が湧いたら、今さっきの着信音はセットしておいたアラームだと思えてきた。人から電話がきたフリをするためだ。

なぜ、そんなフリをするのか？

決まっている。ドッキリのためだ。

「うんうん、そーなんだ。最近なにしてんの？」

俺のほうにむき直って、ほのかが顔の前で片手拝み。俺に対してのごめんねのポーズだ。

電話口の相手は、誰の設定なんだろうか？

「うん、こっちは相変わらずだよ。懐かしいね。どお？　そっちは彼女できた？」

…………。

「え、ダメだよー。わたしとヨリ戻すとかできないよ」

……おっと。

わかったぞ。

これはほのかの元彼氏から電話がかかってきた。という設定のドッキリなんだな。

さあ、どうするか。

どうリアクションするのが、今彼氏として正しい振る舞いなのか。

嫉妬するべきだよな。

嫉妬って、どうやるんだ？

長考する俺の姿を、ほのかはどう思ったのか。

スマホの送話口をおさえ、俺に「元カレ」と囁いてきた。

こちらから電話の相手が誰か問い合わせてもいないのに、元カレだとわざわざ明かすスタイル。嫉妬カモンの合図にも聞こえた。

「もう、ヒロシってばそういう強引なとこ変わってないね。え、じゃあ、久しぶりにごはん行っちゃう？」

病院内の食堂にでも行くつもりか。

「病院抜け出すから、夜でも大丈夫だよ」

不良少女だなぁ。

「平気平気。自分の病室の窓から飛び降りれるから」

四階だぞここ！

「水曜日はわたし副反応の夜だから、木曜ならいいよ。じゃあ夜ね。ヒロミに会えるの楽しみにしてるね」

さっきヒロシだったろ。元カレを呼び間違ってる。このドッキリのクオリティよ。

「…………」

彼女が元カレと電話しているところを、不機嫌にもならず、苛立ちも露わにせず、お利口に眺めているだけの彼氏こと俺。

このままでは動画の撮れ高が物足りなさすぎることに気付いたためか、ほのかは架空元カレに向かって、

「実は今ね、隣に彼氏いるの。だから、彼氏にちょっと挨拶してもらってい？」

ぬかしおった！

元カレが今カレに挨拶するというのは、どういう文化なんだ？

スマホが繋がってないことは、俺が電話を代われば気付いてしまうわけで。

つまり「ドッキリでした」のネタバラシをするつもりか。

よし！　なら撮れ高のためにも、ネタバラシされた瞬間に盛大なリアクションをしよう。

俺は、ほのかからスマホを受け取った。

画面が真っ暗のスマホに向かって、

「もしもし」

言った――そのとき。

病室の扉が開いた。

刈谷さんだ。

ほのかの差し金か？　いや、違うようだ。刈谷さんの登場はほのかにとっても予期せぬ事態のようだ。顔が絵文字くらい驚いてる。

「ほのかに、石田好位置もいるな。前に言ってた蒼化症の子が電撃移籍して来たぞ。まずは二人と引き合わせたくてな」

刈谷さんに促され、前に出てきた人物。

三文芝居「架空元カレとの電話」を演じる、雪幌病院の天使とほのかの病室に入ってきたのは——元カノだった。

俺の。架空じゃない現実の。天使じゃなくて堕天使の。

「近松美澄と申します。近い遠いの近いに、松の木の松。美しく澄んでいるで美澄です」

よろしくお願いしますと、一礼する。折り目正しい美澄だった。

「はーい、わたしは穂坂微です。穂の穂に、坂の坂に、微妙の微で微です。えへへ、よろしくね」

穂の穂に、坂の坂。残念な説明をかましたほのかが、人懐っこい笑顔を見せている。同世代の患者とは交流したがらないでお馴染みのほのかだが、美澄は同じ蒼化症患者だからだろうな。

俺は、二年ぶりの元カノを眺める。

着せ替えしないタイプの人形のような、静謐をまとった綺麗な目鼻立ち。春に散る花びらのような可憐な唇。生まれてこの方、紫外線を浴びたことないかと思うほどキメ細かく白い肌。眼球の構造なんて、みんな同じようなもののはずなのに、彼女の瞳はまだ人類が見つけていない宝石のように煌めいていて。腰まで届く艶やかな黒髪は大人っぽいことこの上ない。

美しい小学生だった彼女は今や、なんかもう、色気も醸し出てる美女（14歳）になっていた。

そんな元カノも当然俺には気づいているだろうが——

未だに目は一度も合っていなかった。新規の女子を視線で舐め回すのもいいが、ほのかに続いて挨拶をするターンだぞ」

「おーい、石田好位置どうした。新規の女子を視線で舐め回すのもいいが、ほのかに続いて挨拶をするターンだぞ」

「好位置くん！　視線で舐め回しているの⁉　わたしのことも、まだ二回くらいしか舐め回してくれてないのに！」

目の合わない美澄に、俺は言った。

「……石田好位置です」

「おい石田好位置よ、なんだその、内気な転校生みたいなぎこちない名乗りはよ。好位置はどういう字を書くのか、近まっちゃんに教えてやってくれ」

美澄の顔がこちらを向く。

二年ぶりに視線が絡んで、火花が出たかと思った。

俺の代わりに彼女が言う。

「好き嫌いの好きに、位置関係の位置で。好位置」

「おぅん？　近まっちゃんは石田好位置の名前を知っていたのか」

「はい、実は好位置さんとは小学校が同じだったんです」

呼び方、変わってない。

美澄は周りに、大人がいるときは俺を「好位置さん」と、わざと畏まって呼んでいた。

刈谷さんが言う。

「同じ小学校だったとは驚きだな！　けどさ、異性の同級生のことを下の名前で呼ぶもんかい？」

「ふふっ、どうなんでしょう」と華やかに笑う美澄。

「怪しいな。まさか石田好位置と近まっちゃんは——」

そこで今まで、大人しくしていたほのかが、「わかった！」と、たぶん病室で上げていいレベルぎりぎりの声を出した。

「美澄ちゃんの声、透明感があって凛としてて、聞いたことがあるなあー、ってさっきから思ってたんだけど。……セツナミ様なんですか？」

美澄は、イタズラが見つかった優等生のような、複雑な笑みを浮かべた。

「これからの入院生活でお世話になる担当看護師の刈谷さんや、同じ病を抱えるほのかちゃんには隠し立てはしたくないですね。ええ、そうです。私はＶＴｕｂｅｒの刹那命です。そして、私と好位置さんは小学生の時、交際していました。つまり、彼は私の元カレです」

「せつなみこと、ってのはなんなんだい？」と、刈谷さん。

「美澄ちゃんは好位置くんの元彼女さん⁉」と、ほのか。

それぞれの頭に疑問が生まれていた。

俺にも疑問が生まれていた。

──わたしのことも、まだ二回くらいしか舐め回してくれてないのに！

ほのかよ、二回っていつといつだよ。

※　※

「【逆ドッキリ】元カレからの電話ドッキリ中に、彼氏の元カノがやってきたら？【修羅場】」

という企画だとしたら、バッチリの撮れ高だったが……。

美澄が余命宣告済みガチ難病系VTuberの「刹那命」であることや、石田好位置の元恋人であることは、世界に向けて配信したい事実では全然ないので。お蔵入りだ。

挨拶と自己紹介を終えた美澄が、刈谷さんと退室していった。

それからほどなく、俺も昼食のためにほのかの部屋を後にした。

一人の病室で、さっそく「刹那命」の動画を探す。

再生リストを開く。数が多いのはゲーム実況か。

近年の大作から、俺が生まれる前に出たやつまで。ジャンルは様々。

ただ、SFアクションであれ、ホラーであれ、可愛い女の子が出てくるゲームがお気に入りのようだ。

（あ、そういえば）

美澄は小学生のときから、可愛い女の子が好きなやつだったよな。

サムネが目を惹いたやつを俺は選び、再生する。

画面の中、可愛いことこの上ない生き物が出てきた。

丸みのある顎とほっぺ。パッチリとした蒼い瞳。

輝くような銀色の髪の上には、白色ＬＥＤの蛍光管みたいな輪っか。外側に優雅に開いた白い羽。

幼い天使によるゲーム実況を眺める。

（……笑わない天使か……）

こんなにもゲーム実況者の声が笑っていない配信を、俺はあまり聞いた覚えがなかった。

学園ものゲームのプレイ中に青春的イベントが起こると、刹那命は前時代の悪しき慣習でも目の当たりにしたように腐すのだ。

修学旅行も、文化祭も、部活動の合宿も、放課後のカラオケも、夏休みの海も。

一切合切、無価値だと。病気のおかげで体験しなくて済んで、むしろ良かったわ、と。

それは、トリッキーでネガティブな偏見と極論だらけの発言だったが、視聴者にはウケていて。〈セツナミ様の青春無価値論キターｗｗ〉といった、喜びのコメントが溢れていた。

動画を一本見終えると、他の動画も気になったがいったん閉じた。

俺は病室を出る。

元カノと話さなきゃいけないことがある。

女性専用病棟に、足を踏み入れる。

すれ違う看護師さんは、俺が彼女のほのかに会いにきたと思って、快く会釈してくれる。

俺はほのかの病室の前を通り過ぎる。

『近松　美澄　様』

お目当ての病室ネームプレートを見つけた。

「近」も「松」も「美」も「澄」も。

それ単体で見ても何も思わないはずの、この4字が並んでいるところを見ると、胸の奥がキュッと絞られる。

緊張感が増す。扉の前でいつまでも直立不動しててもしょうがない。

腹を決めて、二度ノックをした。

「………………どうぞ」

さっきまで視聴していたVTuberの声が中から聞こえた。

俺の病室と同じ作りの木製扉を、丁重にスライドさせる。

清潔で殺風景な病室。ベッドの上に座っている美澄が、こちらの来訪を驚いているのかいないのかわからない顔で迎えてくれた。

「…………」

「…………」

俺も、なにか言えよって感じなのだが。

元カノとの約二年の歳月を経た邂逅で、距離感を掴みかねていた。「やあ」は馴れ馴れしいよな。

「——なんとはなしに」美澄が言う。

「君が、のこのこやって来るんじゃないかと思ってた」

二人っきりだったが、昔のように「好ちゃん」とは呼ばれなかった。

君。彼女からそう呼ばれたのは初めてだと思う。

「のこのこお邪魔するよ」

入室した俺は扉を閉めた。

「……二人っきりになると、なんだか落ち着かない気分になるわ」

「ああ、まあ、そうだな」

「だって、私がすでにベッドの中にいて。目の前には検索履歴夜這い男。君といえば、座右の銘が『据え膳食わぬは男の恥』だったよね」

「だったよねじゃねえな！」

「きゃっ、強いツッコミ。君って相変わらず、女の子にツッコむの好きね」

「変な誤解を招きそうな言い方やめい」

「変な誤解を招きそうってどういうこと？　……あ、そっか、女の子にツッコむで卑猥なこと連想したんだ。ふふっ、そっかそっか。君はもうかわゆい男子児童じゃなく、完全に性に目覚めた直後特有の余裕のなさが目に余る、見るに堪えない男子中学生風情になっちゃったのね」

「目に余るのに見るに堪えないって。見過ごせないのか見てられないのかどっちだよ」

「どっちもよ。大きな石をどかした下に、虫ケラさん達が蠢いていたら、見過ごせないような見てられないような気になるものでしょ」

「男子中学生風情は虫ケラ同様とお考えか」

「ところで君はいつまで突っ立ってるの？　お座りって言われないと座ることもできない、犬畜生体質なのかしら？　ほら、そこの丸イスにお座り」

「その口の悪さよ」

美澄の毒舌も二年ぶりだな。堕天使はご健在のようだ。

俺は、ベッド横の丸イスに腰掛けた。

「そういえば、検索履歴夜這い男呼ばわりしてくるってことは……、ほのかとの動画を見たのか？」

「ふふっ、カップルYouTuberになってたなんて。今しがた、初めて動画を見させても

らった。命短し恋せよ男女、さっそくチャンネル登録したわ」

「や、恐縮です」

看護師さんからチャンネル登録したと言われた際も、いつも反射的に「恐縮です」と言ってしまう俺だった。

「ほのかちゃんってすんごく可愛い子ね。おっぱいがおっきくなってたドッキリのネタバラシのときに、君の目の前に自分からおっぱいを近づけたのに。頬を赤くして照れ顔になるところとか、たまんないわ」

「相も変わらず可愛い子に、目がないようだな」

「君は知らないの？　この世界は、可愛い子に目がない派が多数派なのよ。つまり私みたいなのは、そんじょそこらにいくらでもいるわけ」

「そうか」

でも程度の問題な気がするけどな。美澄の可愛い子好きは、どう控えめに見てもそんじょそこらのレベルを超えてる。

「でも私も、可愛い子ならなんでもいいわけじゃないの。私よりも素直で性格の良い可愛い子が好きなのよ」

「美澄よりも素直で性格が良いのが条件？　じゃあ、可愛い子を見つけたら軒並み条件クリアじゃねえか」

「え？　あははは、言われちゃった」

懐かしい感覚に襲われる。小学生の美澄は、俺から予期せぬ反撃をもらうたび、「あははは

っ」となぜか楽しそうに笑っていたっけ。

俺は言う。

「こっちもそっちの動画今さっき見たよ。ＶＴｕｂｅｒ『刹那命』」

「見なくていいのに。あれは石田くんに見られるなんて想定していないんだから」

「でもなんか意外だった。ＶＴｕｂｅｒとかそういう活動するタイプっぽくなかったから」

美澄は小学校の頃から目立つ存在ではあったが、自分が主役になって何かするってタイプで

はなかった。

美澄は、窓の外に視線を流す。

この部屋の窓からは、さっぽろテレビ塔は見えなかった。

大通公園に面していない静かな部屋だ。

「……私のＶＴｕｂｅｒ活動のことはいいじゃない。それより、こうしてただ再会を懐かしむ

ために、よもやま話をしにきたの？」

世間話のことを、よもやま話って言うかね。

「君の座右の銘って『焼けぼっくいに火が付く』だったかしら」

「座右の銘でイジるシリーズやめろ。ちょうどぴったりつまんないぞ」

「そうね。君の座右の銘のストックは『据え膳食わぬは男の恥』『焼けぼっくいに火が付く』以外はもう、『女房と畳は新しい方が良い』しかなかったから。やめるわ」

「座右の銘が男女関係のやつばっかだな。ってか最後の『女房と畳』のやつ、初めて言った人はSNS炎上しただろうな」

「石田くん、そのボケはちょうどぴったり面白いわ」

「いや、そんな面白いわけあるか。……脱線したな。俺は雑談をしにきたっていうより、なんていうか、確認したいことがあったんだよ」

「なにかしら？」

「美澄がさ、全身性免疫蒼化症になったのはいつからだ？」

「……なんで、そんなこと気にするの？」

「小六の冬に、美澄は転校していったけど……。あれは転校じゃなかったんじゃないのか？」

「転校していったのに転校じゃなかった？　トンチ？」

「転校じゃなくて、入院することになったんじゃないのか。治らないとされている病で。その事実をみんなに隠すために、」

彼氏だった俺にも隠すために、

「転校したってことにしたんじゃないのか？」

「……………」

「…………」

空調の音が急に大きくなったかと勘違いするほど、沈黙が訪れていた。

美澄は付き合っているときから、答えたくないことを聞かれたとき沈黙を選ぶやつだった。

そして今、沈黙を選んでいる時点で、もう答えは出ていた。

病室の整えられた空気を、「ふふっ」と美澄の吐息が揺らした。

「ご名答。確かに私は小学校六年生から、この病気と共にある。ええ。転校じゃなくて、入院だったわ」

VTuber「刹那命」の動画が初めて投稿された時期は、二年前だったんだから、確認するまでもなかった。でも本人の口からそれを聞きたかった。

「なあ、美澄」

「なにかしら改まって」

「転校する直前にさ、俺達は別れたじゃんか？」

「……そうね」

「あのときさ、美澄は『大事な話があります』って呼び出した俺に一方的に別れを告げて、何も言わずいなくなった。その理由はずっと、転校することになったからかと、なんとなく思ってた。でももしかしたら別の理由があったんじゃないかって、さっき浮かんだんだ」

「浮かび立てホヤホヤね」

「美澄はさ、難しい病気になってしまったから……、それでもう、俺とは付き合えないと思って。だから、別れを告げて、何も言わずにいなくなったのかなって」

「…………なに言ってるの？　それじゃあ、私は君のこと、別に嫌いになったわけでもないのに、」

美澄の声が少しだけ震えている。

「病気になったから、入院しなきゃいけないから、別れを告げた子だと言っているように聞こえるわよ？」

「俺はそう聞こえるように言っているんだ」

「…………」

「…………」

「……確かに、君のことを嫌いになったわけではなかったかも。でも、しょせん小学生の恋愛だから。小学生の『好き』に大した価値なんてないでしょ？」

それが小学生のとき、俺とあれほど「好き好きごっこ」をしてた彼女の言い分だった。

ちなみに「好き好きごっこ」とは、手を伸ばせば顔に触れられる距離で見つめ合いながら、交互に「好き」と言い続け、先に照れたほうが負けという、神をも恐れぬじゃれ合いの一種だ。

「好き好きごっこ」でいつも負けていた元カノが言う。

「だからもし入院とか病気とかなくても、普通に別れてたわよ。世の中を見回しても、小学生のときのカップルがそのまま結婚したなんて話、聞かないわ」

「……美澄」

「ところでその美澄というのはやめてほしいわ。ほのかちゃんという存在がいる君の前で、ことさら元恋人感なんて出したくないから。そういうとこに気が回らない君って……ふやけたゴミね、ははっ」

「新規の悪口吐いて、せせら笑っていやがる」

我が元カノながらこの女、性根はどうなってんだ。

俺は言う。

「じゃあ、そっちに合った呼び名を考えるか。『毒婦』と『毒女郎』どっちがいい？」

「あははは。いいわね毒女郎。女郎って野郎の女版の言葉でしょ」

「なんで受け入れてんだ。しかもヤバいほう選ぶなよ。他者に対する言葉になにかと配慮が求められるこの時代で、『女郎』なんてワード発してるやつ聞いたことないぞ」

「それなら、耳にした人は音楽用語の『mellow』のことだと思うんじゃないかしら」

「音楽用語のメロウ？」

「『柔らかな』とか『甘美な』とかの。毒mellow。つまり、甘美な毒？　柔らかな毒？　え、素敵かも」

「しっかり気に入りだすなよバカ」

「あはっ。小六以来二年ぶりの『バカ』頂きましたー」

「毒mellowのことは忘れろ」

「じゃあ、私のこと、なんて呼ぶの？ できればそうね、少し他人行儀にしてほしいかしら」

向こうは俺のことを「君」か「石田くん」で呼ぶようになっているわけだから。

「近松さんとかか」

「ちょっと他人行儀過ぎかも」

「そっちは俺のことを苗字で呼んでるじゃないか？」

「でも私はくん付けよ」

「近松くん……。絶妙に馴染まないな。『美澄さん』はどうだ？」

「……背中のあたりがちょっとこそばゆくなるけど、まあいいわ。……石田くん、いいこと教えたげる」

「なんだ」

「中学生の『好き』にも大した価値はないと思っている私だけど。余命宣告を受けた中学生の『好き』には大した価値があると思う。命短し恋せよ男女チャンネル、応援してるから」

美澄の病室を後にする。

一人になって廊下を歩いていると、俺がほのかの彼氏のフリをしていることは、知る由もない元カノの声が思い返される。

――命短し恋せよ男女チャンネル、応援してるから――

小六で別れたとき、美澄は俺に対してまだ「好き」を持ち合わせてくれていたのか、それはわからない。

でも二年経った今はもう。

美澄は俺に、恋愛感情なんてないんだなと、さすがにわかった。

思い出されるのは小学生時代。美澄は、天使時代も堕天使時代も一貫してヤキモチがダダ漏れする彼女だった。

あれは運動会で、違う子と俺が二人三脚のペアになったときだ。

応援してると言ってくれたけど、あのときの美澄の顔はほぼ拗ねていて、声には引火しそうなくらいヤキモチ成分がこもっていた。俺は美澄の機嫌を直すために「好き好きごっこ」をしたんだった。

――命短し恋せよ男女チャンネル、応援してるから――

さっきの声には、ヤキモチの成分なんて見つけられなかった。

そりゃそうか。

元カノは、今の俺が別の人の彼氏になっていることを知って、ヤキモチを焼いてくれたりするのかな、なんて。

少しでも考えちゃうあたり、俺はなんていうか、ふやけたゴミだな。

# 6

消灯後に病室を抜け出している——俺だった。

女性専用病棟に行くわけではない。

下見をするためだった。

なんの下見か？

話は夕食後、今日もなんなら病院一元気いっぱいのほのかと落ち合ったときに遡る。

「にしても、まさかセツナミ様と一つ屋根の下になれるなんて思ってなかったよ！」

「一つ屋根の下でって言い回しのときの屋根って、もっとこぢんまりした屋根限定だろ」

「好位置くん、好位置くん」

「ほのかよ。興奮醒めやらないな」

「興奮醒めやる気はないよ！　だってだって、わたしの聞き間違いじゃなかったら、好位置くんはセツナミ様の元カレだったんだよ！」

「それはきっと聞き間違いだ」

「聞き間違いなわけあるめえ！」

「あるめえってか」

「あとでね。セツナミ様の病室に行くんだ。一緒にゲームしちゃうかも、えへへ」

「それはよかったな」

「コホン、わたし決めました」

ほのかは、病衣が破けないかの耐久テストを始めたように、大きな胸を反らせる。目のやり場はどこだ。

「命短し恋せよ男女チャンネルを、今後は一層頑張ることをここに誓います！」

「お、おう、いいね。でもなぜその誓いを今？」

「だって、わたしはYouTubeで、セツナミ様と交際経験のあるような人の、現彼女気取りをやらせてもらってるって、わかったわけで」

「現彼女気取りをやらせてもらってる」

どういう文法の謙遜なんだ。

「だから、好位置くんの対外的彼女として恥ずかしくない子になるために、無性に頑張りたい所存なのです！」

空気成分を多く含んだふんわりした声で、「対外的」とか「所存」なんて堅苦しいワードを聞くと、なんだか愉快な気持ちになるなぁ。

「俺はいったい何者なんだよ」

「好位置くんは好位置くんだよ！」

「お、おう」としか言えないことを言われた。

「でも、入院しているわたしが頑張れることって、病院のゴハンを好き嫌いしないで残さず食べることの他には、ＹｏｕＴｕｂｅ活動頑張るしか思いつけなくて」

「好き嫌いしないのは偉い子だな」

「えへへへ」

無邪気に笑うほのかだった。天使だな。

「命短し恋せよ男女チャンネルを一層頑張るってのは、具体的になにかするのか？」

「今後の企画は、チャレンジ精神を増していきます！」

「ほう」

「それでまず好位置くんに聞いてほしい話があってね。わたし、最近こんな噂を挟んだの小耳に」

「倒置法だなぁ。で、どんな噂だ」

「副院長室の怪。……かいは怪しいの怪だよ」

「その補足があってよかった。『副院長室の会』かと思うところだ。反院長派閥の秘密の会合かと」

「何ヶ月も前から副院長先生はね、ナースステーションの一角に、自分のワーキングスペース確保してるんだけどね」

「周囲の目がないと、ついサボりたくなってしまうのかもな」

「なので今現在、副院長室って誰も使っていないはずなの。普段は鍵もかかってて。それなのに消灯後に、小さく電気が点いているらしいの」

「副院長が、仕事で必要なものを取りに戻っただけとかじゃないのか」

「副院長先生はね、うちの病院の朝活サークル副会長なんだよ」

「副院長で副会長」

「うちの病院の消灯後に見かけないもの三選を考える場合、二つ目と三つ目は浮かばないけど。一個目は副院長だね」

「なるほど。消灯後に電気が点いている副院長室の怪、わかったよ。で、その真相を突きとめにいこうっていう話か」

「うん！　そうなの！」

「ちなみに、副院長室はどこにあるんだ？」

「聞いて驚かないでね？」

「ああ」

「なんと副院長室は、カンファレンス室Cの向かいにあるんです」

「……驚いちまったよ。カンファレンス室Cの場所がわからなすぎて」

「名前ド忘れしちゃったんだけど。副院長室は、病院にはなくてはならない場所の隣でもあるんだよ」

「ほのかよ。多分だけど、病院にはさ、病院にはなくてはならない場所ばっかりあるんだ」

「好位置くんって、わたしにいろいろ教えてくれるね！」

後日、二人で消灯後の副院長室に調査に行くことが決まった。

だが、俺は消灯後に一人でまず下見に行こうと決めていた。

下見の結果、安全だとわかった上で、ほのかと調査に行こうと思ったのだ。

もし病棟の天使の身になにかあっては、彼氏である俺が責められかねないし。

それ以前に、ほのかが危ない目に遭うかもしれないことは、単純に心配だったからね。

（カンファレンス室Cの向かいと言ってたよな。それと病院にはなくてはならない場所の隣だとも言ってたな）

消灯後に病室を抜け出した俺は、案内灯の緑の灯や非常ボタンの赤い灯がぼんやりするだけの――いくつかの廊下を進み、いくつかの階段を下りた。

そして、カンファレンス室Cの向かいに着いた。

「…………マジかよ」

驚きを禁じ得なかったのは、副院長室の廊下側の高窓から、本当に光が零れていたことではない。

その隣にある「病院にはなくてはならない場所」のルームプレートに――俺の見間違いでなければ、「霊」と「安」と「室」の三字が並んでいたからだ。

霊安室の隣に副院長室を配置したのは、設計士なのか理事長なのか。誰にせよ、そのセンスに、言葉を失う。いや失いそびれた。マジかよと漏らしている。


副院長室に誰がいるのかわからない。

ノックをして「ごめんください」と言うシチュエーションではないだろう。

俺は一般宅の玄関扉みたいに重厚な扉の真鍮のノブに、手を添えた。

（……中をのぞいてみよう）

俺は、アハ体験動画くらい時間をかけてノブをまわし、そっと室内を窺った。

（…………………）

長方形の部屋の奥。壁際の大机。デスクライトに照らされる――人影！

社会的な地位を築きまくりの渋い中年男性あたりが似合いそうな立派な革椅子に腰掛けた人物は――

どう見ても子供にしか見えなかった。

っていうか、龍之介だった。

（……なにしてるんだ？）

龍之介は、扉の間からのぞき込んでいる俺の存在にまるで気づく気配もなく、それはもう一心不乱とでも形容したくなるほど集中力を感じさせる面構えで、机の上に置いたなにかを読んでいる。

広い机の両サイドには、紙束が堆く積まれていた。

俺は足音を立てず、室内に入った。

まだ俺に気づいていない龍之介。

なんと声をかけようか？

なぜか、消灯後に俺のもとにやってきたミステリアスガールの懐かしき第一声が思い出された。マネしたくなったんだから仕方ない。

「うらめしや～」

そこで机の上に視線を落としていた龍之介は、電流でも流されたみたいにビクッと顔を上げると。室内にいる他者の存在（俺）を認め、顔いっぱいに驚愕を広げた。

「うひぃーーッ！」

のけぞった龍之介は、のけぞりすぎたようだ。

革張りの椅子ごとひっくり返った。

起き上がった龍之介は、来訪者が俺だと気づいたようだ。

デスクライトの灯りに照らされ、シルクのパジャマが滑らかに光っている。龍之介は、乱れた銀色の前髪を直しながら喚く。

「新入りめ、なにが『うらめしや』だ！」

「すまん、悪ふざけはやめとこうと思えなくてすまん」

「夜中にうらめしやで登場するやつは『時代遅れの幽霊』か『あんぽんたん』だけだ。どっちも共通してるのは、ボクが関わり合いになりたくない存在ってことだ！」

「龍之介よ、ほのかと関わり合いにならなくていいのか？」

「なんでここでほのか様の名前が出てくる？」

「うーんと、その説明はしなくていいか」

なんか面倒だし。

「それより、どうして龍之介がこんな時間にこんなところにいるのか、気になるんだが？」

龍之介は、なぜだろう、慌てふためきだした。

「べ、べつに、ボ、ボクはなにもしてないぞ」

内心の動揺を隠すのヘタだなあ。

「なにもしてないってことはないだろ？　なにかを一生懸命読んでたじゃないか？」

「よ、読んでた？　あ、ああ、読んでたさ。そうだ、読んでた」

俺は机の上の紙の束に目をやった。

英語ばかりが見えた。日本語が見当たらなかった。どれもこれも横書きだ。

「異国語を読んでたのか？」と俺。

「そ、そうだぜ」

机の端に、英和辞書が見えた。

「何を読んでたんだ？　小説かなにかか？」

「しょ、小説？　そうだ、小説だ！　海外の小説を読んでたんだ！」

「どんなジャンルだ？」

「ええと、あれだよあれ。昔からあるジャンルだ」

「だいたいは昔からあるジャンルだろうよ」

「ボクみたいな男の中の男が読むジャンルだよ」

「ポルノ小説か？」

「そ、そうだよ！　それそれ！　そのポルラ小説だ」

120％違うだろ。もう、ポルラ小説って言っちゃってるし。

「海外のポルノ小説を原文のまま貪り読むとは、龍之介は男の中の男だな」

「ははははっ、フフーン」

「ポルノっていえば、性行為をあけすけな描写で表現するジャンルだよな。龍之介が今読んでたところも、やっぱり破廉恥なシーンなのか？」

「性行為をあけすけ……？　そんなジャンルなのか」と完全にひとり言のトーンで呟いた龍之介だった。

ただ、どこまでもごかます気でいるらしく、

「も、もちろん！　驚くべき破廉恥なシーンを読んでいたんだ。新入りめ、いいところで邪魔しやがって」

「それはすまんかったな。でも驚くべきとは気になるなあ。じゃあ、その破廉恥なシーンはどんなことになってるのか教えてくれよ。それを聞いたら、俺は帰るよ」

「い、いいのか。貴様みたいなお子様には、し、刺激が強すぎるシーンだぞ」

お前もお子様だよ。なんなら見た目的には、お前さんのほうがお子様だよ。

龍之介は、決断を強いられた軍司令部のように、机上に両手をつき、視線を紙面へと落とす。紙面には蛍光のマーカーが引かれている箇所もあった。

龍之介が言う。

「……女性がな、男に向かって『愛してる』って言ってから、その唇をだな、男の頬にちょんちょんってくっつけたんだぞ！」

「………」

「ど、どうだ新入り、驚くべき破廉恥のあまり言葉も出まい！」

「ああ、驚いたよ」

龍之介のあまりのピュアさにな。

龍之介は本人申告のポルラ小説読みに戻り、俺は「ほいなら」と副院長室をあとにした。部屋を出るとき、足下にあった紙の束を、俺は病衣の懐に隠した。人のものを勝手に拝借するなんて、根がエチケット尊重主義にできている俺は、今まで一度もしたことなかったが。やつが試験勉強でもするように蛍光のマーカーまで引いて、あれほど真剣に読んでいたものがなんなのか気になって仕方なかったのだ。龍之介の怪。

自室に戻ってから、十数枚のそれをパラパラとめくると、図やグラフがいくつかあった。この小説じゃない感たるや。

※　※

余命宣告系中学生である俺は、学校も試験もなんにもないというゲゲゲの鬼太郎主題歌的世界観の住人になっていたが。

患者図書室で朝から机に向かっていた。
副院長室から持ち帰った数枚の文書を広げる。
(やるか)
辞書片手に解読を始める。
ほんの数行書かれていることを明らかにするだけで、驚くほど時間がかかった。
俺はGoogleの翻訳機能という文明の利器を素直に駆使することにする。
文面にレンズを向けていく。劇的にスムーズになる作業。
ただ、日本語に置き換えられても、内容の理解は別次元の問題だった。
文面には知らない用語が散見していた。
ひとつひとつ、意味を調べていく。

昼食のためにいったん病室に戻る。
午後、再び患者図書室に向かうときだ。
図書室の隣。廊下の窓越しに見えたレクリエーションルーム内。
カーペットに座る、パジャマの幼い子供たちの姿が目に入った。
その女児と男児ともう一人の女児は、前方に視線を向けている。
(なにかやってんのかな?)

廊下に立つ俺は角度を変え、窓越しに幼い子供たちの視線の先を見やると――

（え？）

そこにいたのは、美澄だった。

イスに座った彼女は膝の上に乗せた、大判の本を開いている。

彼女の凛とした声が、嵐がどうの王子様がどうのナイフがどうの言っていた。

どうやら絵本の読み聞かせをしているようだった。

王子様の幸せのために身を引き、海の泡となった人魚姫の物語を、美澄はその道のプロですかと言いたくなるほど、情緒豊かに読み上げていた。

女児も男児も、引き込まれているのがわかる。俺も引き込まれていた。

絵本の朗読が終わる。

お姉ちゃんお姉ちゃん、幼い子供達に懐かれる美澄。優しくて穏やかな慈悲深い表情を浮かべている。

（……美澄もあんな顔、するんだな）

「また明日ね」と告げ、レクリエーションルームを出てきた。

廊下に突っ立って、人魚姫の物語世界の余韻に浸っていた元カレに遭遇した美澄は、直前まで幼い子供達に見せていた優しくて穏やかな表情はどこへやら、即死系の魔法を使ってきそうな黒魔導士の無表情になった。

俺がなにか言う前に、美澄は言う。

「こんなとこで何を一人、自称新世界の創造主みたいな顔でたそがれてるわけ？」

「絶対そんな顔でたそがれてねえな。自称新世界の創造主って、とんだ中二病じゃねえか」

「気にしないで。とりあえずからかっただけだから」

「とりあえずからかうって。性格ねじ曲がってるじゃねえか」

「あははっ、性格ねじ曲がってる頂きましたー」

美澄よ、なんで楽しげなんだよ。

「……絵本の読み聞かせしてたのか？」

「私が前の病院でそういうことしてたって、刈谷さんにバレちゃって」

「で、お願いされたってわけか。美澄、じゃなくて、美澄さんは昔から、国語の朗読とかうまかったけど。なんかパワーアップしてんだな。聞き惚れたよ」

「い、いきなりべた褒めしてくるとかなんなの？　えっち」

美澄はそこでなぜか急にそわそわし出す。

「聞き間違いか？　今、えっち呼ばわりされた気がしたが」

「だって褒め言葉で私の歓心を買おうとしたんでしょ？　君って思いのほかチャラいのね、この痴れ者さん」

「誰が痴れ者だよ。美澄さんはマジで性格クソねじ曲がってるな」

「あははっ、私の性格にクソがつけられた」

なんで、褒め言葉だと怒って、悪口だと笑うんだよ。素直じゃないやつ。

美澄と別れたあと、患者図書室に移動した。

文書の翻訳作業を閉室時間まで続けた。

夜。ほのかが俺の部屋にやってきた。

他愛もないことを雑談していたら、いつのまにか話題は美澄のことになった。

「セツナミ様ってね。ほんと優しくて、気遣いの人だよねー」

俺の美澄のイメージは、今日も口の悪い堕天使だ。ぜひ、どこが優しくてどこが気遣いの人なのか、聞きたかった。

「昨日ね、二人のときに言われたの。『石田くんと会ったとき、彼につい毒舌を吐いちゃったらごめんなさい』って」

「ん？　なんだその話。美澄さんは俺に毒舌吐いた際の謝罪を、事前にほのかにしたのか？」

「うん。『彼女さんの前で、元カノが彼氏に毒舌を吐くなんて……。今の彼女さんに対してすごく失礼なことだから』って」

いやいや、その前に俺に対して失礼って意識はないのか。

「で、それに対して、ほのかはなんて言ったんだ？」

「わたしのことは気にしないでって言ったよ。だって、それは……、好位置くんとセツナミ様の二人のことだから」

ほのかと俺は、実際にはカップルのフリをしているだけだ。そのことを美澄は知らない。それがあるから、ほのかは俺と美澄の関係に、遠慮しているのだろうか。

「で、それに対して、美澄さんはなんて言ったんだ？」

「まず『ありがとう』って。それからえっと、『石田くんに気兼ねなく毒舌吐いちゃうけど。もし嫌だったら言ってね』って。そんな感じのこと言ってくれたの。あー、ほんと気遣いの人だぁ」

「ちょっと待て。じゃあ、ほのかが気にしないでって言ったから、美澄さんは俺に気兼ねなく毒舌を？」

「うん！」

いやいや、新妻みたいな可愛い「うん！」だけど。

「……ほのかはいいのか？　自分のその、好きな人が、毒舌吐かれてても？」

ほのかは、「うーん」と思案顔になる。

「他の女の子が、好位置くんにそういうこと言ってたら、きっと嫌だと思うけど……。想像してみても……セツナミ様の場合はなんか嫌じゃなくて、なぜかちょっと嬉しいかもって」

「なんで、元カノに毒舌吐かれる俺を想像したら嬉しくなれるんだよ」

「なんでか、わたしもわからないんだ。えへへ、自分の気持ちがわからないなんて変だよね」

ほのかとおやすみの挨拶をしあっても、今日はまだ終わらなかった。

消灯後だ。

俺が副院長室の扉を開けると、昨夜と同じように重役御用達感の凄い机で読み物をしていた龍之介がこちらを見て、

「げっ。新入り」

表情筋を鍛える体操でもおっ始めたかと思うほど、顔を歪ませた。

「こんばんは。邪魔するぜ」

「真夜中の肝試し先なら、ここじゃなくて隣だぞ」

「霊安室を肝試し先に使っちゃダメだろ。龍之介に教えてほしいことがあってな」

「この世界には、新入りにはわからなくてもボクならわかることが、2京個はあるからな。ハハハッ」

革張りの椅子に龍之介はふんぞり返る。昨夜みたいに後ろにひっくり返らないでくれよ。

「京って単位を覚えたての子供みたいな、京の使い方だな。めんこいやつめ」

「コラ、誰がめんこいやつだ！」

「すまん、心の声がつい漏れてた」

「ふむ、そうか」

納得してくれるのか。めんこいなもう。

「で龍之介よ、まず教えてほしいことの一つ目なんだが。なんでこの副院長室を自由に使えているんだ？」

昨日は、海外ポルノ小説の驚くべき破廉恥シーンの話などしてたせいで、聞きそびれた疑問だった。

「妻夫木夫妻が、この雪幌病院に寄付しているから。ボクの希望が通ったんだ。プライベートスペースの書斎が欲しかったからな」

下から読んでも上から読んでも妻夫木夫妻。龍之介の親御さんか。自分の両親のことを夫妻と呼ぶ。うーん、世にも珍しいな。

俺は室内を眺める。

応接用ソファーセット。北欧風のキャビネット。豪華な絨毯。

「副院長室は、快適そうだな」

「まぁあなー」

まあなの言い方、少しウザいのはひとまず気にせず、俺は言う。

「この快適な空間で、海外の医学論文を読むのが日課なのか？」

「まぁあなー」

「………………」

「……い、い、医学論文って、にゃんのことだ⁉」

今日も内心の動揺を隠すのヘタだなぁ。

「『にゃんのことだ』って、めんこい噛み方するやつだなぁ」

「誘導尋問はズルいぞ！　新入りは知らないかもしれないがな、誘導尋問は刑事訴訟法では禁止されてる場合もあるんだからな！」

「龍之介は知らないかもしれないがな、俺はこう見えても刑事じゃないんだ」

「ボクは海外小説を原文のままで読んでるだけだぞう」

「誘導尋問はズルいぞから、白を切るのは無理だろ。じゃあ、読んでる小説のジャンルはなんだっけ？」

「ええと、ポルラ小説だ！」

ポルノなんて言葉を当たり前のように覚えてしまった俺は、汚れてしまっている気がしてきたよ。

で、俺は懐から、

「これ。持ち出しててすまん」

十数枚の紙の束を取り出した。

「え？　なっ！　それ！」

「翻訳したよ。隙あらば医学用語が出てきた。龍之介は、なんでこの文章を読んでいるんだ？」

「…………」

「だんまりを決め込み始めたところ遠慮なく訊くんだが……。もしかして、ほのかのためじゃないのか？」

翻訳したアカデミズム然とした佇まいの文面には、「免疫」だったり「全身性」という単語があった。

これは全身性免疫蒼化症に関係している論文なのかも。

その考えが芽生えたら、龍之介が医学論文を読んでる理由がわかった気がしたのだ。

革張りの椅子に座る龍之介が、張り詰めた顔で、俺の目をジッとのぞき込んできた。

「……新入りは、口は堅いか？」

誰かの秘密を他言したことは一応ないはずだ。

「小学の通知表の『口が堅い』の項目は、六年間『○』だったぞ」

そんな項目は多分なかったが、素直な龍之介は「なら安心か」とマッハで真に受けてくれた。

その強張っていた表情を観念したように緩めて言う。

「……ボクは、ほのか様の病気を治したいんだ」

「全身性免疫蒼化症を治す？」

「うん。超がつく希少難治性疾患だから、薬の研究開発は進んでないんだけど……。でも今ある他の薬で、蒼化症にも効果が望めるものがあるかもしれないからさ。ほのか様が苦しんでいるのに、指をくわえてなにもできないなんてヤダもんな」

「……」

「新入り、ボクがこの書斎でしていることは、誰にも言わないでくれよう。もう何ヶ月か続けてるけど、これといった薬一つ見つけていない不甲斐なさだからさ」

龍之介は、自嘲するように弱々しく笑った。

机には、山のような書類。付箋が貼られたところがあちこちに。

「……妻夫木龍之介」

「なんでボクの名を、声を震わせ呼んでくる？　気持ち悪いな」

俺の心はでたらめに痺れていた。

誰だって自分の好きになった子が病気だったら、その回復を祈るだろう。

千羽鶴を折る。神社でお守りを購う。お見舞いに相手の好きなものを差し入れする。励ます。一緒に泣く。そばにいる。

みんな、それぞれが、自分ができることをするんだろう。

でも、治療法が確立されていない原因不明の難病に侵された好きな人のために。

海外から医学論文を取り寄せて、自ら翻訳して、読み漁る。

そんなことをしている人を、テレビの中でも見たことがなかった。

治療法って、お医者さんが見つけてくれるものだと思ってた。

龍之介のしていることは、なんて途方もない行為だろうか。

面白みを見出す部類ではない文章を、しかも外国語で書かれたそれを翻訳して読み続ける。

適当に流し読めるわけはない、どこかに治療の手がかりが、と気を張りながら。

語弊を恐れずに乱暴な言い方をさせてもらえるなら。

なんて面倒なことだろうと思った。

そして、俺はこのとき。

電撃的に発見したのかもしれない。

愛とは「相手のために、途方もなく面倒くさいことができること」かもしれないと。

俺は言う。

「お前はすごいやつだったんだな」

「まぁあなー」

それも少しもウザいとは思わなくなっていた。

「先生、じゃなくて龍之介」

「今ボクを先生と呼んだか？　先生。ボクの知らない蔑称があったかな」

「お願いがあります」

「敬語を使ってくるとはハハーン、さてはボクの全権力を駆使して、デザートを一個増やせというお願いか？」

「……この医学論文を読み込む作業、俺に手伝わせてくれないか」

思いも寄らない言葉が口をついて出ていたが、声になった瞬間にその考えは心に強くあったものだと自覚した。

龍之介は言う。

「いいぞ」

俺はもう医学論文読み漁り作業の仲間になれたっぽい。願いを聞き入れられたのに、「いいぞ」って受け入れられたスピードが思ってたより速すぎて、喜びそびれた。

俺は気になって、言う。

「なんで受け入れてくれたんだ？」

「一言くらいで済む説明と、三言くらいで済む説明。どっちで聞きたい？」

「まず一言のほうで頼む」

「……友は近くに置いておけ、だが敵はもっと近くに置いておけ」

龍之介が芝居がかった声でそう言った。

俺は龍之介の中で、恋敵のポジションだったことを思い出した。

「カッコイイセリフだな。なにかの引用か」

「『ゴッドファーザー』だ」

「マフィアが出てくる映画だっけ。よくそんな古い映画知ってるなあ」

「妻夫木家の家訓だ。『この世の善も悪も、手っ取り早く映画から知りなさい』って」

家に家訓があるのか？

一度お会いした龍之介母である和千代さんの、なにかしらの重鎮感がある佇まいが脳内に蘇ると、家訓がある妻夫木家というのが急速にしっくりしてきた。

「『手っ取り早く』って、家訓でお目見えしていい文言なのか。まあいいか。で、三言くらいで済む説明のほうはなんなんだ？」

「新入りめ、今に見てろ。治療法を見つけ、未来のほのか様の隣にいるのはこのボクだ。にしても今宵はあと一本は論文に目を通したいのに眠いな。いまいましい新入りの顔でも見て、目を覚ますか。でも命短し恋せよ男女チャンネルを視聴すると、ほのか様につい見とれて、時間が経ってしまうんだよな。クソッ、新入りの顔写真だけでもあれば。いや、やつの写真を所持するなんて、ボクの沽券に関わる。眠気覚ましに、いまいましいあやつの顔が見たい。ボクが論文読みをしているときに、新入りがこの部屋にいればいいのによう」

「三言くらいで済んでねえな」

そうか、俺は龍之介の眠気覚ましになれるのか。

なら、よかった。

遠慮無く、消灯後は副院長室に押しかけ、龍之介のそばで論文読みに励もう。

それと、ほのかが消灯後の副院長室の調査に行かないようにしないとな。

## 7

ほのかと動画撮影する。編集作業をする。次の打ち合わせをする。スリーサイズ（上の血圧・下の血圧・体温）を計りにきた刈谷さんから動画の感想をもらう。「天使の彼氏」とからかわれる。検査をする。放っておけない元カノに会いに行く。毒舌を浴びる。検査結果の説明を聞く。美魔女の実母と晩ご飯を食べる。副反応の夜を生き延びる。副院長室で医学論文を読む。副院長室以外でも医学論文を読む。

時間を持て余しそうな入院生活が、気付けばやることでいっぱいになっていた。

この日の昼も、患者図書室の隣。レクリエーションルームにいた。

美澄が、小児病棟に入院している子達のために、絵本の読み聞かせをしていた。

「みすみー、どの絵本やってくれるかなぁ」

ほのかはもともと美澄もとい、刹那命に憧れを抱いていた。

一方、可愛い子に目がない美澄は、子犬のように懐いてくるほのかの無邪気な可愛さに、もうメロメロで。

さらに「同じ病気」「同い年の女子」という共通項からくる連帯感も相まって。

ほのかと美澄は出会った日から、それこそ絵本みたいな速度で打ち解け合っていた。

俺が気付いたときには「のかちゃん」「みすみー」で、甘く呼び合っている。

本日の朗読は、泣いた赤鬼だった。

内容を知らなかった幼い子供達は、美澄の朗読でこの童話の名作に初めて触れられたことを幸運に思うだろう。

美澄の声で紡がれる物語には、こちらの心の地平線が広がっていくような、感動の力があった。

それは俺だけの大袈裟な感想ではないだろう。

隣では、ほのかが涙ちょちょぎれていた。

俺も涙こそ零さなかったが、村人に誤解される赤鬼のために、青鬼がした自己犠牲に、しんみり胸を打たれていた。

ほんの十数分後。

「お前の気は確かか？　このバカ女、感動を返せ！」

こんな言葉を、美澄に吐くことになるとも知らずに。

朗読会が終わった直後。

顔に涙の跡をいっぱい残すほのかが、大感動を全身で伝えるように、「みすみーすごい！」と抱きついた。

美澄は宝塚の男役みたいな凛々しい顔で、ほのかに「よしよし」をしていた。

俺は、元カノと今カノ（フリ）の抱擁を、最後までどんな顔していればいいか見つけられないまま、眺めていた。

「あら、石田くん。のかちゃんと抱き合ってる私が羨ましいのね？　鼻からよだれが出てるわよ」

「出てねえよ。どういう状態だそれ？　そっちこそ、口から鼻息出てるぞ」

「あはははっ。口から鼻息だって。石田くんってばわけわかんない戯れ言言ってる」

おい、戯れ言の言い出しっぺよ。

二人の抱擁が終わる。

「みすみーの『あはははっ』って笑い声、なんだか気持ちが楽しくなるね。えへへ」

「えへへ」って笑い声で、周囲の空気をいつも明るくするほのかがそう言った。

「セツナミ様の配信では笑い声聞いたことなかったから……なんか特別な感じがして、嬉しいな」

「確かに、笑わない天使だもんな」と俺。

館内アナウンスが流れた。穂坂微さんと呼ばれている。

「あ、しまった！　午後の検査があったんだ！　ではではみすみー、好位置くん、またねー」

ほのかを見送り終えると、

「……ふぅ、のかちゃんの前では、クールな私をなんとか保てたわね」

そう呟いた美澄の凛々しかった顔はどこへやら、表情筋がストライキでも起こしたのか、なんともしまりのない顔になった。

そして、美澄は抱擁の感想を述べだしたのだ。

「のかちゃんって、あんなあどけないロリ顔で、体つきはもう……！　巷でいうところの、本能を呼び覚ます神ボディーなんだから」

巷に飛び交ってる言葉かそれ？

「抱きついてもらえたとき、ヤバかったわ。のかちゃんのえちえちな匂いを嗅ぎながら、あの豊かなクッション性のおっぱいがグイグイと、ぐふっ」

「ぐふってか。鼻からよだれ出すなよ」

美澄は、「はぁーあ」と長く息を吐いた。

「あんな可愛い子の彼氏だなんて。君って余命宣告されていることを除けば、日本一幸運な男子中学生じゃないかしら」

「すごい部分を除いたな」

「ねえ、知ってる？　彼氏って彼女に、彼氏以外の男が夢想するしかないようなことをしても許される存在なのよ。好きなときに好きなところでいろいろし放題な、そんなご身分」

「…………」

「だからこそ、フラれたときの絶望は深いわよね。想い人にいろいろできる権利を手に入れられない現実と、その想い人が自分以外の男にいろいろし放題にされる残酷な運命を受け入れなきゃいけないんだから」

「…………」

「余命を意識しているために、生存本能から『子孫を残せ』の指令が殺到してるだろう君に一つだけ言っておくけど……。のかちゃんとのハグは、合法じゃないレベルの気持ちよさだから。抱きつくときは、気を確かにね」

生活の知恵みたいな調子で喋っている美澄に、俺は眩暈を覚えて言う。

「お前の気は確かか？　このバカ女、感動を返せ！」

ついさっき、絵本の朗読であんなに人を感動させた元カノの口から、今カノ（フリ）の抱き心地なんて聞きたくなかった！

「バカ女だって。あはっ、私、随分な言われよう。でもバカっていうほうがバカなのよ」

「おい元カノさんよ」

「なあに元カレさん」

「俺はとりあえず戸惑ってるぞ」

「戸惑ってる？　女の子に向かって平気で『バカ女』なんて言えちゃう、DV男予備軍チックなところに？」

「なにに戸惑っているか言わなかったからって、すかさずボケてくるなよ。バカ女なんて、そっちにしか言わないよ。DVなんかするか」

「よおく知ってるよ。だって石田くん、実はすんごく優しい男だもん。この広い世界で、私にだけバカ女呼ばわりできるんだ。ふーん、へーぇ」

「戸惑ってること発表していいっすか？」

「いいっすよ」

「……二年前の美澄さんはさ、可愛い子とハグしても、神ボディーだの、えちえちな匂いだの、そんなこと言わなかったよな。二年間であれだな……、品性がその、中二男子の放課後みたいになってないか？」

　窓からは昼下がりの光が差し込んでくる二人きりのレクリエーションルームで、美澄が俺の肩にぽかりとパンチをしてきた。

　とっても弱い力。全く痛くない。

（ああ、懐かしいな）

俺に怒ったときの美澄は、彼女の利き手じゃない右で、痛くない肩パンをしてくる子だった。

「私の品性が下劣って言い放った？」と、文句がましい顔の美澄。

「いや、品性下劣とは言い放ってないぞ。品性が、中二男子の放課後だって言っただけで」

「それ同義語じゃないの！」

「うん、じゃあ、そうかもな」

「私も余命を意識して毎日過ごすはめになってるから、きっと生存本能から子孫を残せって指令が殺到してて。……だから、下劣になってても、仕方ないことなの。ライオンにベジタリアンになれって言う気？」

美澄よ。お前さんはもうメスライオンだったのか。

「……君は不幸中の幸いだったね」

「ん？　どういう意味？」

「だって君がもしも今も私の彼氏だったら。死ぬ前に、いろいろし放題にしてって……。こんな可愛くもない子に迫られてたかもしれないんだから。――ううん、ごめん今超ヘンなこと言ったわ。今のナシ……」

「……美澄さん……」

「……一年後とかに死んじゃったらさ。私たちってきっと、とても可哀想な、一片の汚れもない、お涙頂戴の存在として扱われちゃうだろうね。……でも、そのときにもし、周りの人達から品性下劣な子だったなーって思われたら。なんか面白いと思わない？」

「……………すまん、その面白さ、まだちょっとわからない」

「私またヘンなこと言ったね……。なんか今日、調子悪いかも。石田くんがそばにいるのに、『君ってホント、日本の恥部ね』くらいの毒舌しか言えてないし」

「初耳初耳。日本の恥部？　どういう種類の毒舌だよ！　せめて少しはピンとこさせてくれよ？」

「ふふっ、一生懸命ツッコんじゃって。じゃあ、私行くわ」

「あ、ちょ待てよ」

立ち去りかけたその背中に、俺は言う。

「美澄さんがさっき言ってたことで、訂正したいことがあるんだけど……」

「なにかしら？」

「可愛くもない子じゃないだろ」

「え？」

「美澄さんは、どっからどう見ても普通に可愛い子でしょ」

美澄はなぜか顔を伏せてしまう。

そのまま無言でスタスタとこちらにやってきた。

左の拳で、肩パンをしてきた。

「痛っ。なんか力強くない？」

頬を紅くした彼女はか細い声で「バカ」と漏らし、レクリエーションルームを飛び出して行った。

（……肌が色白の人は、顔を赤めるとわかりやすいんだな）

「おーい、バカっていうほうがバカらしいぞー」

俺のその声は、もちろん届いていないんだけどね。

※　※

この日も、消灯後の副院長室に俺はいた。

「おっ」とか「よっ」とか一音で済む挨拶を龍之介と交わすと、俺は定位置である応接セットの、革が絹のように滑らかなソファーに腰を下ろした。

お互いに無言で医学論文に目を通す二時間が経った頃。

机にかじりついていた龍之介が椅子の上で伸びをしたタイミングで、俺は話しかけた。

「なあ、ちょっと聞いてほしいことがあるんだが」

「なんだべスポジ。藪から棒に」

論文読み仲間になってから、俺のことを新入りと呼ぶのはやめた龍之介に俺は打ち明ける。

実は、ほのかの彼氏ではないんだ、と。

カップルYouTuberは、彼氏のフリなんだ、と。

それは俺とほのかだけの秘密で、誰にもバラすつもりはなかったのだが。

他でもない龍之介には、この隠し事をしていたくなかったんだ。

俺からの打ち明け話を聞き終えた龍之介は、

「ベスポジがほのか様の彼氏ではなかったとわかって……。ボクは今、外に飛び出して叫び出したいくらい嬉しいよう」と、声を震わせる。

「ここが病院で、龍之介が入院患者じゃなかったのなら、是非してほしかったよ」

「ボクはたまに、なにが悲しくてこんな夜更けに、ほのか様の彼氏と二人でいなきゃならんのだと。気付けば、論文を読んでいるベスポジの後頭部に消しゴムの滓を投げそうになる自分の右手を、左手で震えながら押さえつけていたこともあった」

「そんな葛藤をさせてたんだな。消しゴムの滓なら、いつでも投げてくれていいぞ」

「ベスポジ！　ほのか様とのカップルYouTuber活動、このまま頑張って続けろよう！」

意外だった。

俺が、本当の彼氏でないと知ったなら、即刻カップルYouTuber活動なんてやめろと言ってくるかと思ってた。

それをそのまま龍之介に伝えたら、

「患者さんはな、免疫力を上げなきゃいけないんだ。ストレスは免疫力低下に繋がるんだぞ！」

「そうらしいな。で、なぜ今その話だ？」

「カップルYouTuberを始めたいと持ちかけたのは、ほのか様の方だろ？」

俺は頷く。

「貴様とのカップルYouTuber活動は、ほのか様の生きがいになってらっしゃる。生きがいを失うことは多大なストレスだ。すなわちほのか様の免疫力は低下まっしぐらだ。ベスポジ、そんなことになったら、末代まで呪うぞ！」

「末代か。俺に子孫が残せる未来があったらいいな。……えっと、じゃあ、俺はほのかから解消の申し出がない限り、カップルYouTuber活動を続けたほうが、龍之介的にもいいんだな？」

「たりめえだ。ベスポジが今現在この宇宙で一番、ほのか様の免疫力を上げられるやつなんだよ。初代ほのか様免疫力向上隊長の自覚を持て！」

「龍之介は、次期ほのか様免疫力向上隊長の座を狙ってるのか？」

「たりめえだ」

龍之介はハッハッハと笑った。

（……ほのかの免疫力か）

龍之介が、ほのかを想う一途さと大きな優しさに、俺はグッときていた。

ここで不意に、気になりだしたことが一つ。

ほのかのためになら、彼氏のフリをする俺に「頑張って続けろよう」とエールを送ることのできる、この器のデカい男の過去の過ち――「夜這い未遂事件」だ。

消灯後に、ほのかの病室を目指していた龍之介が女性専用病棟の廊下で、看護師さんに見つかったというアレ。

俺は訊いてみることにした。

「龍之介ってさ、満月の夜には自分を見失うとか、そういうことあるのか？」

「なんだよそのワケわかんねえ質問は？」

回りくどいのはやめて、単刀直入に訊くとするか。

「なんで、夜這い未遂事件を起こしたんだ？」

龍之介が顔をしかめた。

「……その噂知ってたのか。……別に大した理由じゃないよ」

「生存本能から子孫を残せって指令が殺到したのか？」

「指令？　なに言ってんだ？」

「つまりその、性欲に導かれて、消灯後にほのかの病室に向かってたのか？」

「せ、性欲⁉　たわけ！　んなわけないだろ。あの日はただ、カミナリがすごい夜だったから。いても立ってもいられなかっただけだ」

「ん？　カミナリがすごい夜だと、なぜ出向きたくなるんだ？」

「……ほのか様は、カミナリが苦手なんだよ。音が怖いって。だから、高性能のイヤーマフを届けたかったんだ」

イヤーマフって、ヘッドホンみたいな形の耳栓の仲間だよな。

「それが、夜這い未遂事件の真相なのか？」

「誰にも言うなよ。結局あの夜は、カミナリが怖いほのか様にイヤーマフ一つ無事に届けられなかったんだ。そんなこともできない鈍くさいやつだと思われる」

「鈍くさいやつだと思われるって……いやいや、理由を話さないから夜這い未遂犯にされたじゃないか」

「いいんだよ。ほのか様は『夜這い未遂事件』のこと、ハナから気にもしていないみたいだし。ほら、命短し恋せよ男女チャンネルでも『夜這い』って言葉の意味をほのか様は知らなかっただろ。夜這い未遂事件は、せいぜい看護師さん達が覚えてるだけだ。どう思われてたっていいよ」

この誤解されやすい不器用な男は、未だにほのかとろくすっぽ交流がない。

ほのかは自分と同じ病気だと思っている俺や美澄としか、積極的な交流を図ろうとしない子だけど……。

俺は、龍之介とほのかを引き合わせたくなった。

翌日。

俺の病室で、命短し恋せよ男女チャンネルの打ち合わせを終えた午後。

くつろいでいるほのかに「ちょっくら売店行ってくるわ」と個室を出た俺は、この時間に廊下で待ち合わせをしていた龍之介と合流する。

「やあベスポジ、この度はほのか様との謁見の機会を設けて頂き——」

「おい待て、なんだその格好？　なぜバラの花束を抱えている？」

「そうか、ベスポジのような庶民は、タキシードを知らないのか？」

「まさかタキシードじゃないだろうなと思ってたんだが、やっぱりそれタキシードか。なんでそんなの着ているんだよ？　それになぜバラの花束？」

「大好きな方に表敬訪問できるのに、いつもの部屋着というわけにはいくまい！」

「いくまいことないんだよ。俺たち入院患者だぞ。病衣か部屋着以外を着てるのがむしろおかしいだろ？　それになぜバラの花束、ってその理由はもういいや。なんで持っているのか、だいたいわかる」

龍之介は自分の格好を見下ろし、「タキシード違ったかあ」と零すと、

「……ボクの部屋着といえば、シルクのパジャマなんだけどさ」

「お馴染みだな。お前さんは、シルクのパジャマ姿とタキシード姿しか、俺に見せていない男だよ」

「ゴールドとシルバーとピンクゴールドがあるんだけど。どれを着てくれればいいかな？　あっ、そうだ！　ベスポジに選んでもらえばいいんだ！　ちょっと付いてきてくれよう」

龍之介のファッションショーか。興味ないな。

「いいからゴールドを着てこい！　ほのかを俺の病室で一人待たせ続けていいのか？　ストレスで、免疫下がったら困るだろ」

「う、うん！　それダメだ！」

タキシード姿の龍之介は、着替えるために廊下を走って行く。その背中に俺は言う。

「バラの花束は置いてこいよー」

数分後。

自分の病室の扉を開ける。

俺のベッドで、寝っ転がっていたほのかが胎児みたいに丸まっていた。

彼女は丸まったまま、俺のほうに顔を向け、無防備な笑みを浮かべる。

「おかえりー。何か買ってきたの？」

「欲しいのなかったかな。身体を起こしてもらっていいか、ほのかに紹介したい人がいるんだ」

ほのかが、俺のベッドにちょこんと座る。

俺は廊下にいるゴールドシルクボーイに、入室の合図を送る。

左手と左足、右手と右足。それぞれ同時に出すユニークな歩き方で、龍之介が病室に入ってきた。

俺は言う。

「こちらは俺の友達の龍之介だ。この雪幌に入院してて。命短し恋せよ男女チャンネルの視聴者さんなんだぜ」

ほのかがペコッと頭を下げた。

「穂坂微です。見てくれているんですね。ありがとうございます」

対視聴者さんモードの抜かりのない声だった。少し堅いな、と感じたが、ほのかを気にしている余裕はすぐになくなった。

「ごご紹介にあじゅかりました、ちゅまぶきゅです！」

俺の隣で、声裏返り王選手権が始まっていたのだ。

「ちゅまぶきゅくんは、命短し恋せよ男女チャンネルではどの動画が面白かったですか？」

「待てほのか、ちゅまぶきゅくんを誕生させるな。妻夫木龍之介だ」

龍之介は背中に鉄板でも入れたような直立姿勢で、ほのかに答えた。

「ど、どれも面白いです！　昨日公開の『【目指せ削除覚悟⁉】NGナシの質問コーナーの回』も最高でした！」

「えへへ」

ほのかに笑いかけられると、真っ赤な顔になった龍之介は、足腰にきたのか。俺にもたれかかってきた。おい、しっかりしてくれ。

「龍之介は、あのコーナーに質問をくれてたんだっけ？」

「そ、そうでありまする！」

ありまするって。まあ、声裏返ってないし、いいか。

「妻夫木くんは、どの質問をくれた人ですか？」

「はい。……『こーくんは、トランクス派ですか？　レースのボクサーパンツ派ですか？』」

「あれ送ってきたの龍之介かよ！　俺の下着の種類を知りたがるやつがこの世にいるんだと思って、軽く震えたぜ」

「そんなもんを知りたがる物好きなんて、おるわけなかろう！」

「んじゃあ、なんであんな質問送ってくんだよ！」

「そ、それはほのか様に聞きたいことばかり浮かんで……、どれを送ればいいか。悩みすぎた挙げ句、血迷っただけだ！」

「どう血迷ったら俺の下着を問い合わせたくなるんだよ、血迷い方が普通じゃねぇな」

「フフーン、ボクは普通という言葉が似合わないスケール感のある男だから」

「なんで得意げになれてんだよ。それとレースのボクサーパンツってどんなのだよ？」

「ハハハッ、あのオシャレアイテムを知らないのか。どおれ、今見せてしんぜよう」

「しんぜてもいいが、ほのかもいるぞ」

「うひゃ⁉　――ベスポジ貴様！　ほのか様の前でボクを辱めようとするとは。謀ったな！」

「謀ってない謀ってない」

俺と龍之介の不毛なやりとりを眺めていたほのかが「わははっ」と笑う。男共の視線を受けたほのかが言う。

「二人の会話って、男同士の友情を感じさせるね」

どこに感じられる部分があったんだよ？

「妻夫木くん。質問コーナーでわたしに聞きたかったこと、良かったら今お答えしますよ？」

俺と喋ってるときの勢いはどこへやら、コチコチになる龍之介。

「い、一番聞きたかった質問は――『命短し恋せよ男女チャンネルのスポンサーになりたいんですが、どうすればいいですか？』」

「スポンサー？　え！　シュポンサー！」

ほのかの瞳がキラキラ輝いた。

想い人の大きな反応が嬉しかったのか、龍之介の顔にいつもの自信が滲む。

「はい。ボクはなにをかくそう、お金が有り余ってまして。だから、わが国の経済活動を活性化させるためにも、有意義なことにお金をジャブジャブ使ってやろうと思っていたところでして。ぜひ命短し恋せよ男女チャンネルを、ボクのお金のジャブジャブ先にさせてください！」

ほのかに向かってこれまでで一番長いセリフを、ハキハキと喋れたことはよかったが。これまた随分ハナにつく金持ちキャラになったな。

ただほのかは、突如現れたボンボンは気にしてない様子で、

「命短し恋せよ男女のために、ありがとうございます。妻夫木くんにそこまで思ってもらえて嬉しいです！　そのお気持ちだけ、ありがたく頂戴しちゃいます」

ほのかはベッドの上で、深々とお辞儀した。

龍之介はすがるような視線を俺に寄越してくる。あいよ。

「ほのか、気持ちだけでなく、じぇんこも頂戴しちゃったらどうだ。ボンボン、じゃなくて龍之介は、それが望みなんだよな」

「ほのか様。動画撮影に必要な諸経費などに使ってやってください！　なにせ、妻夫木家には『推しのカップルＹｏｕＴｕｂｅｒのスポンサーになるべし』という家訓がありまして。ボクに家訓を守らせてください！」

その家訓、今作ったよな。

そんな無粋な指摘は、必死な龍之介に言わなくていい。

ほのかは、真剣な顔で「でも」と漏らす。

「それは、妻夫木くんの家のお金なんだよね？」

「確かに、家のお金ですが。ボクが増やしたお金もあります」

「増やしたってのは、なんだ？」と俺。

「あれは小学三年生の時です。ボクは高校卒業まで頂ける予定の『月のお小遣いの総額』を計算して、一括支給してもらいました。そしてそれを投資に回しまして。平均すると、今年までに年率13％位の利回りで運用益をあげてまして……。なのでその、ボクが資産運用で増やした分のお金だけでも、どうか使ってやってください！」

投資。年率13％。

もしかしたら、海外から取り寄せてる医学論文の経費も、その運用益から出しているのかもしれない。

龍之介よ、お前さんは本当にスケール感のある男だな。

ほのかがおそるおそる言う。

「……妻夫木くん、もし動画撮影でどうしてもお金が入り用に、ってなったときは、お願いしちゃうかもしれません」

「お任せください。ボクは、口は出さないけど金は出すタイプのスポンサーなんです！」

神かよ。

ほのかも同じことを思ったのか、胸の前で嬉しそうに柏手を打つと、

「神様、仏様、スポンサー様。えへへ」

花のように笑っていた。


ほのかが俺の病室を出ていった。

大好きな人との謁見を終えたばかりの龍之介と二人っきりになる。

なんか、しゃっくりみたいな音が聞こえるな、と思ったら、

「……ひっく、ほのか様が、ボクに向かってあんなに笑いかけてくれた。初めてだ。ひっく、幸せだよう」

泣きじゃくる龍之介が、喜びに打ち震えていた。

## 8

北海道特有の根性なしの秋は、今年もあっけないほどその座を北国最強季節・冬に開け渡した。

副反応の夜のしんどさには、一向に慣れることはなかったが。

一週間に一度、避けられないツラい夜があるからこそ、身体がツラくないときは精一杯活動した。

どうせ頑張りたくても頑張れなくなる時間が、人生には来てしまう。だから頑張れる時間の最中に居られる時は、頑張れる身体と環境がもったいないから、頑張っておこうか。そんな気持ちだった。

スポンサー龍之介を加えた命短し恋せよ男女チャンネルに、新メンバーも加わった。

ほのか憧れの「刹那命」こと近松美澄だ。

余命宣告済みガチ難病系VTuber「刹那命」を活動休止している美澄は、

「顔出しは恥ずかしいからちょっと……」最初はそう言っていたが。

「他ならぬ、のかちゃんのお願いだから……」ということで、顔出し出演を引き受けてくれた。ほのかは飛び上がって喜んだ。

そして。

「【ライブ配信】【彼氏のいぬまに！】余命宣告ガールズの病床女子トーク【14歳】」が始まった。

画面の中、ベッドに並んで座る病衣姿の美少女が二人。背筋をピンと伸ばしたほのかのほうが、ちょっと緊張しているのかな。動画デビューの美澄が落ち着いた声で言う。

「みなさん、ご機嫌よう。余命宣告ガールズの」

「病床」

「女子トーク。お手柔らかにしてね初回スペシャル。14歳の私とのかちゃんでお送りします」

「わぁー。始まったね、みすみー」

「やっぱりおかしいわ」

「どしたの？」

「オープニングの挨拶なんだけど。この配分でいいのかしら」

「配分？」

「のかちゃん、『病床』しか言ってない」

美澄の耳元に、ほのかが口を寄せて言う。

「問題ないよ。だってわたしは、みすみーの綺麗な声を多く聴きたいんだもん」

「あらまあ。ふふ」

「アーカイブをあとで何度も聴くと思うから。ノイズは極力入れたくないなーって」

「ねえ耳打ちなんてしていたら、マイクがちゃんとのかちゃんの声を拾えないかも。……まさかとは思うけど。のかちゃんは自分の声をノイズに分類してないわよね？」

「………………」

「タイトルをお手柔らかにしてね初回スペシャルにして正解だったわ。早くも視聴者さんにお手柔らかにしてもらいたい局面になってる。のかちゃんの声、ふんわりしてて、脳がとけそうなくらい可愛いわよ。その声を聞かせてほしいわ」

「………………」

「なにも話さないつもりなら。私は今から般若心経を唱えるわよ」

美澄は病衣のポケットからスマホを取り出した。般若心経を検索するそぶり。

おそらくほのかが止めてくれるのを待っていたと思うが。

ほのかは、大きな瞳を期待でキラキラさせている始末。たまらず美澄が、

「読み上げたくないわ！　余命宣告を受けてる女子が般若心経を唱える、ってそんなどこに需要があるのかわかんない動画イヤよ」

「………」

まだ、お口チャックをしているほのかに美澄は、

「こうなったら実力行使ね。――コチョコチョコチョ」

「ひゃん、あぁん。や、そこらめ――しゃ、喋ります。わたし喋るからもう許して」

「良かったわ。可愛い女の子が脇腹をコチョコチョされ続ける動画なんて、ヘンな需要を生みそうだから」

チャット欄は瞬間最大風速。速読の練習かと思うほどの速さでコメントが流れていく。コチョばされるほのかの可愛さに、みんなやられたらしい。

「……みすみーのコチョコチョおそろしい」

「さあ、余命宣告ガールズの病床女子トークらしく、トークしましょ。のかちゃんはこんな話をしようとか、思ってたのある？」

「うん。患者テクの話とかいいかもと当初は思ってました」

「患者テク？」

「注射の際は、手を下げてグーパーを繰り返すと血管が浮き出やすくなって、看護師さんに好まれるよ、みたいな。そういう耳寄りな患者テクの数々を視聴者さんに、って思ったんだけど……、わたし気付いたの」

「なにかしら？」

みすほのてぇてぇ
たすかる
たすかる
これはいい百合
てぇてぇ
tskr
ありがとう

「こんな患者テクばっか伝える動画、たぶん面白くないって」

「よく気付いたわ。のかちゃんは可愛いだけじゃなく賢明な子」

「なので、患者テクはやめて。わたしが抱えている人生の疑問を、みすみーに教えてもらえたらなーって思ってます」

「人生の疑問……。この動画の緩い空気は、ここまでかもしれないわね……。私に答えられるかしら。さあのかちゃん、言って頂戴」

「人生の疑問っていうのは、『女の子の遊び』についてなの」

「どういうこと?」

「実はね、わたし……」

ほのかは、胸の前で、ひとさし指の先同士をチョンチョンさせて。

「みすみーみたいに同世代で仲良くなれた女の子、初めてなの。これ恥ずかしいから、ここだけの話にしてね」

「ええ、ここだけの話にしましょう。ライブ配信をご覧の方々、いいわね? ここだけの話よ」

「だからわたしね。女の子と女の子って、なにをして遊ぶのかわかんなくて……。ねえ、女の子同士って、なにをして遊ぶのかな?」

「それが人生の疑問だったのね」

「できれば、初歩の初歩というか、入門編から教えてもらいたいです！」

「それって女の子の遊びの入門編ってことよね？」

「いきなり中学生くらいの女の子がする遊びの、その遊び相手を未経験者のわたしなんかにいきなり務まると思えないから」

「じゃあ入門編というのは、小学校に上がる前の、園児がしてる遊びってこと？」

「うん！　園児！」

「……それぐらいの子ってなにしてるのかしら。定番はおままごととか？」

「おままごと！　それ今からしたいです！」

「え？　ライブ配信でおままごとするの？」

チャット欄では、「見たい！」「やってください！」「これは期待」と、後押しするコメントが続いていく。それに美澄が反応する。

「見てる人達がそういうんならやるわよ。その代わりに、14歳の女子がノープランでおままごと始めるんだから、どんなことになってもしらないからね！」

「ねえみすみー。じゃあじゃあ、奥さん役と旦那さん役どっちがやるか、今から早口言葉対決で決めよっか」

「早口言葉対決？　おままごとの前に別の遊びがガッツリ始まるのね」

「わたしから言うね、『とにゃりの客はよくきゃききゅーきゃききゅきゅん』。ハイみすみーの番」

「なんの勝算があって早口言葉対決選んだの⁉　のかちゃん！」

美澄が奥さんで、ほのかが旦那さんのおままごとは、つつがなく終わった。

〈ほのちゃん、今日も安定の天使だったなぁ　癒やされる〜〜〉

〈美澄ちゃんの奥さん役。あーんもう全部が麗しすぎるぅ〉

〈二人のおままごと。この世界のすべての茶番の中で一番すき〉

〈こんな美少女たちが余命宣告されてるなんて…神様なにやってんの‼〉

ほのかは心から楽しかったようで、ライブ配信の最後に、

「わたし次も旦那さん役やりたい！　今度は好位置くんもいれて。そのときはみすみーには子供役やってほしいな」と笑っていた。

はて、奥さん役は誰がやるんだろうな。

この配信直後の美澄と廊下でバッタリ会うと、俺が聞いてもいないのに言ってきた。

なにをって。

ほのかの脇腹をコチョコチョした感想を、だ。

手の側面が、ほのかの下乳に触れて、それが気持ちよかっただの。重量感が凄かっただの。

私はコチョコチョ演奏家、のかちゃんという楽器をいい声で鳴かせられるのよ、だの。

「その内心の興奮をライブ配信中におくびにも出さなかった私って、すごいと思わない？」

　それを俺に、出合い頭で打ち明けてくる感性がすごいよ。

「ああ、すごいな」

「言葉に心がこもってないじゃない？　君ものかちゃんの脇腹をコチョコチョして、下乳タッチ&耳のそばで聞く悩まし気な声をまざまざと想像しなさいよ。その上で、おくびにも出さなかった私の偉業を褒めなさいよ」

「…………すごいな！」

「よからぬ想像して大きな声出さないでもらえる？　ほらステイステイ、どーどー」

「なにがどーどーだ。テメエ、脇腹コチョコチョするぞ」

「あはははっ、私の脇腹コチョコチョしたどさくさ紛れに、下乳に触ろうとしてるの？」

「…………」

　言葉を発する気が失せた俺に、美澄が言う。

「そんなセリフは、一丁前に胸が大きくなってから、ほざきやがれ」

「俺はなにも言っていないぞ」

「石田くんの心の声を代弁してみたのよ」

「そうか、ならもっかい俺の心の声を代弁してくれよ」

「美澄のやつとこうして駄弁ってるのって愉しいな。もっと一緒にいたいな。ぐへへへへ」

「おぉ！　正解だよ」

「……………え？」

ふざけあっていた美澄が呼吸を止めたような顔をして、色白の頬を上気させていた。

俺は言う。

「おいおい、正解なわけないだろ」

「…………」

美澄は俯いた。細い肩を震わせた。

彼女がおもてを上げるとそこには、人間に報復するときのアンドロイドのような顔があった。

「み、美澄さん？」

「キショ！　ウザ！　ゴミクソの塊！」

「ゴミクソの塊て」

立ち去りかけた彼女は、廊下の十メートルぐらい先で立ち止まったと思ったら。

こっちに戻ってきて。左の拳による優しくない肩パンを俺に見舞った。サウスポーの元カノは、今度こそ去って行った。

「俺は心の中で、ぐへへへへとは笑わねえよ」

だから正解なわけないだろ。って話なんだけど。

※　※

「ボクを、命短し恋せよ男女に出演するメンバーに入れてもらえないだろうか」

ある日、龍之介がそう言い出した。

金は出すけど口は出さないスポンサーが、出演者になりたがった理由というのが。

「ベスポジ、あのお人って、どのお人は危険だ」

「あのお人って、どのお人だ？」

「下から読んでもミス美澄でお馴染みの、美澄嬢だよ」

「お馴染みって。下から読んでもミス美澄はどこで呼ばれてるんだよ。で、お前さんは美澄嬢って呼ぶんだな」

「ほのか様憧れのVTuberだった人なんだ。嬢をつけて呼ぶのが一般的だろう」

「わからん。その一般は俺の知らない一般だよ。まあいいや。で、美澄さんが危険なのか？」

「美澄さんって……。ベスポジは元交際相手のことを、さん付けで呼ぶんだな」

「先方も俺のことを、苗字にくん付けで呼んでくるからな」

「元恋人同士って、なんていうか、そういう感じなんだな」

「ああ、なんていうか、そういう感じだ……。で、美澄さんが危険なのか？」

「たぶんボクしか気付いていないと思うが……。美澄嬢はこの前の動画で、ほのか様の脇腹をコチョコチョしたとき、顔こそはいつものクールビューティー然としていたが……。その内心はドロドロに興奮していた。そんな瞳をしていたんだ。ベスポジ、信じてくれ」

「ああ、信じるよ。それは疑う余地なしだ」

「ほのか様の脇腹をコチョコチョした挙げ句、興奮までしだす美澄嬢。命短し恋せよ男女の出演者にこんな危険人物がいるなんて。それでボクはこのたび、ほのか様の周囲の警戒レベルを2から4にしたんだ」

「3でも凄いのに、それを通り越して4とは凄いな」

警戒レベルについてなにもわかってないが、そう言ってみた。

「だから、龍之介も出演者になりたいというわけか？」

「ほのか様に興奮した美澄嬢が万が一暴走してしまったとき、ボクも出演者でその場にいれば、止めに入れるだろうからな」

「すまねえな」

「なぜベスポジが謝ってくるんだ？」

俺の元カノは、可愛い子相手に暴走するかもしれないと思われているなんて。

なんだか、無性に謝りたい気分になったんだ。

※　※

そんなわけで。

俺のさして広くもない病室に、命短し恋せよ男女の出演者メンバーが集まることになった。龍之介初参加の企画会議だ。

「ほのかはさ、定期検査終わりに来っから。んじゃあ、この三人でぼちぼち始めとくか」

俺、美澄、龍之介。初の取り合わせだ。

美澄といえば、小六の頃は男全般に毒舌を吐いていた堕天使だ。初対面の龍之介は餌食になりはしないだろうか。

そんな心配もよぎりつつ、ひとまず俺は互いの紹介を済ませようとする。

「ええと、こちらが近松美澄。で、こちらが妻夫木——」

「かわゆい子！」

我慢できないといわんばかりに声を上げた美澄。ホームセンターの片隅特有の商売っ気に乏しいペット売り場で、初めてジャンガリアンハムスターを見た少女のように、軽く興奮してやがる。

美澄は俺のほうに、ニヤニヤした顔を向けてくる。なんだよ？

「のかちゃんがいるのに、こんな可愛い子も加入させて。ここは石田ハーレムね」

「……石田ハーレムって……。いやいや、龍之介は男だぞ！」

「石田くんって、相変わらず脳みそ下級野郎ね。嘘のクオリティが低すぎるわ。こんな脇腹コチョコチョしたくなる可愛い女児が、男なわけないでしょ？　もう脳みそ最下級野郎なんだから」

「最下級じゃねえよ、下級だったろ。いや、下級でもねえよ。……それよりおい、女児って……」

女児なんて呼ぶのは、小学校六年生までだよな。

俺はここまでだんまりを決め込んでいる龍之介に視線を向けた。

てっきり、怒りに身体を震わせているかと思ったが。

龍之介は、中三の部室に呼び出された中一みたいに縮み上がっていた。

さて、龍之介の性別と年齢に対する美澄の誤解を、どうしようかと思っていたら。

病室の開け放っていた扉の向こう、廊下を刈谷さんが通った。

「おっ、初めて見る三人組だな。いいよな同い年同士。男二人に女ひとりか。青春だなー」

まるで仕込みかと思うほど、状況を打破する最適な一言を吐いて、去って行った。

病室には、なかなかの規模の沈黙。

ほどなくして美澄が言う。

「……ねえ、石田くん」

「なんだ？」

「刈谷さんって、私のことを男子だと間違えている可能性ってあるかしら」

「そりゃないだろ、脳みそ下級乙女よ」

美澄から平謝りされた龍之介は、中三に謝られる中一みたいに恐縮していた。

「美澄嬢、だ、大丈夫です。どうか頭を上げてください。ボクに男っぽさが足りないせいですから」

「まあ、龍之介はめんこいからなぁ」と俺。

「ベスポジ！　この気高き日本男児を捕まえて、なにがめんこいだ！」

「人によって態度を変える世界最速記録樹立おめでとう」

「美澄嬢って呼ばれちゃった」と自分への呼称をいたく気に入っている様子の美澄が言う。

「ねえ、私は妻夫木くんのことを、なんて呼べばいいかしら？」

「はい、なんでもどうぞ。『おい』とか『ちょい』とか、呼びやすい感じで呼んでやってください」

「そんなぞんざいな呼び方、嫌だわ。……龍くんって呼んでもいいかしら？」

「こ、光栄です！　ほのか様憧れの人である美澄嬢に、そんな風に呼んで貰えて」

「龍くんみたいな子に、美澄嬢と呼ばれて……。私のほうこそ光栄よ」

なんだこの二人。なんだこのやりとり。

「美澄さん良かったね。俺も呼ぼうか。よぉ美澄嬢」

「止めてくださる？　石田くん風情にそんな風に呼ばれたくないわ」

「石田くん風情て。人によって態度変える世界最速記録タイおめでとう」

「可哀想に、君のオツムはこの場の誰にもウケていないその言い回しを、気に入っちゃったのね。ふふふっ」

「せせら笑うな。元カレを人前でせせら笑うな」


美澄と龍之介と俺の三人がいると。

顧問の教師をからかい、部活の後輩を可愛がる先輩（美澄）。

顧問の教師に反抗的なのに、部活の先輩への礼儀はちゃんとしようとしてる後輩（龍之介）。

顧問を務める部活の上級生と下級生に、いいように振り回される先生（俺）。

といった感じになった。

「みんなお待たせ！　検査終わりましたー。企画会議はもうなにかアイデア出た？」

そして、ほのかが加わり、四人になると。

美澄とほのかが部活の上級生仲良しコンビみたいに、キャピキャピよく喋る。

龍之介は、女子が多い部活にいる新入生男子のように、大人しくなる。

俺は、新入生男子が部活に馴染めているか気にかける顧問になった。

ほのかが4。美澄が3・5。俺が2。龍之介が0・5。喋る割合だ。

龍之介は自分がろくに喋れてなくても、楽しげに喋るほのかを間近で見られて、幸福そうだった。

ただ、ほのかや美澄が「妻夫木くん（龍くん）はなにかある？」と話題を振ったときに、まごまごして、ほとんどなにも言えないままぎこちない笑みを見せる龍之介が気になった。

いつも自信満々で無駄に堂々としていて、ああ言えばこう言う、あの判断力（投資関連）と行動力（医学論文読み）に満ちたお前さんはどこいったんだ？

ほのかを前にすると、龍之介らしさが死んでいる。

俺としては会話のいいパスを出してやりたいが、今の龍之介はシュートを決めるどころか、オウンゴールしかねない。

そして。

龍之介らしさが出ないまま、四人で初の企画会議は、終わりの時間が近づいた頃だ。

とあるアイデアを口にしたほのか自身が、「こんなのやってる人いない気がするから、やめたほうがいいかな」と弱気になった場面で。

「――ほのか様、『人の行く裏に道あり花の山』ですよ」

龍之介が言った。

ほのかが可愛く小首をかしげた。

「妻夫木くん、今のはことわざ？」

龍之介はもう、まごまごしていなかった。

「相場格言です。株式市場で利益を得るには、他の人とは逆の行動をとらなくてはならない。人が多い道を避けて裏道を行けば、誰も知らない綺麗な花の山がある。それが、『人の行く裏に道あり花の山』なんです」

「わぁ！　きゃっ！　かっこいー言葉だ！」

ほのかが相場格言に感銘を受けた瞬間だった。

だから、

「【検証ドッキリ】彼氏を女装させて病院内を徘徊させたら、なにが起こっちゃうの⁉」という問題作が生まれることになった。

検証結果は、俺の心の状態を慮った医療従事者から、優しくカウンセリングの手配をされる、だった。

刈谷さんはケタケタ笑いながら、「いい女だな」と俺の尻をひと撫でし。

美魔女の母ちゃんは息子の晴れ姿（？）でも見たように、出所のよくわからない感激をした。

「石田くんったら、ずいぶんモテそうな女子になったわね」と美澄。

「お、そうか、どうも」と迂闊にも少し照れる俺。

「女子がなりたい顔の女子というより。男ウケしまくる、貞操観念がゆるそうな女子っぽくていいわ」

「褒めてねえな。貞操観念ゆるゆるフェイスは美澄さんのほうじゃねえか」と、今年一の大嘘を言い放ってみる。

「…………」

「どうした？　マジでブチ切れる五秒前みたいな静けさだが？」

「誰がゆるゆるよ！　私は君と付き合ってたころだって……。その、いろいろと……まだ早いと思って……我慢してたのに！　バカ！」

そして、肩パンをもらった女装男子が一人残された。

「好位置くんってば、雪幌病院でみすみーの次の美少女になっちゃったよ！」

そんなほのかの反応に、俺へのライバル心に火がついたのは龍之介だった。

副院長室に、妻夫木家お抱えだというスタイリストを呼び寄せ、女装する龍之介。

だが、自分からしておきながら、

「こんな恥ずかしい姿を不特定多数に晒すなんて、正気の沙汰じゃないな」

「その格好で命短し恋せよ男女チャンネルに、出ないのか？」

「そんな黒歴史をつくるわけなかろう！」

「…………」

黙り込んだのは、女装姿で院内を徘徊し、それを配信した黒歴史を持つ俺だった。

だから。

龍之介の女装姿を生で見たのは、スタイリストさんと俺しかいなかったわけだが。

その姿は、なにかの秩序が乱れかねない可愛さだった。

メイキング用として撮っていた映像は、龍之介が命短し恋せよ男女チャンネルに女装姿で出たがらないため、お蔵入りになった。なんか、もったいないな。

なので俺はその動画の一部を、可愛い子に目がない美澄に見せてみると。

「えっ！　えっ！　可愛い！　アイドルの子？」

「よく見とくれ。この子が着ているのはなんだ？」

「雪幌の病衣？　え、ウソ、こんなのかちゃんに匹敵しかねないほど可愛い子がここにいたなんて。こうしてはいられないわ」

「ん、どこに行こうとしてるんだ？」

「小児病棟に決まってるでしょ」

美澄が、もういない可愛い子（女装龍之介）を探さなくていいように、俺は「この子はもう退院したんだよ」と告げた。

美澄の残念がりようときたら。

※　※

龍之介の配信デビューは、「【好位置×龍之介】病床男子雑談会【14歳】」だった。

ほのかといきなりの共演は緊張するということで、男二人で雪幌病院あるあるを話した。

朝の売店前で、夜勤明けの女医が美容にいいドリンク一気飲みしがち。とかね。

俺は楽しかったが、病床女子トーク回に比べて、再生数やコメント数、いいねの数でもだいぶ負けてしまった。

ちょっと悔しいな。

一方、龍之介はというと、

「ほのか様出演動画に、ほのか様不在動画が勝てるわけなかろう。ベスポジはそんなこともわかってなかったとは。ハッハッハ」

なぜか勝ち誇ったように言っていた。

龍之介が動画の中で俺を「ベスポジ」と呼んだことで、視聴者さんの間でも「ベスポジ」

が浸透した。

　そこまで面識のなかった看護師さんや、接点のない科の先生からも、廊下ですれ違うときに「ベスポジくん」と呼ばれるようになった。

　デビュー回では、龍之介の人となりも、いまいち伝わってない気がしていた。

　なので、余命宣告ガールズの病床女子トークシリーズに、「【Q＆A】新レギュラー・妻夫木龍之介くんを知ろう回」が生まれた。

　俺は珍しく収録現場にも編集にも、立ち会わなかった。

　なので、一視聴者になって見た。

　場所はほのかの病室。

　仲良くベッドに入る病衣の女子二人。

　丸イスの上にお行儀よく正座してコチコチになってるやつが、我らが龍之介だった。

　ほのかと美澄が用意した質問に、龍之介が答えていくスタイルの動画は、もう終盤。

「これがのかちゃんからの最後の質問ね。龍くん、いいかしら。『初恋の思い出を聞かせてください』」

「初恋！　きゃー！　ヘイヘイ恋バナカモン！」

　さすが恋に恋する少女だ。人の恋バナは大好物のようだ。

「…………」

それまでどんな質問にも順調に答えていた龍之介が、仮死状態のモノマネでも始めたように、静止していた。

俺は画面の中の龍之介の窮地に、なんとも落ち着かなくなる。

（答えたくないなら、涼しい顔で「初恋はまだです」とシラを切っていいんだぞ！）

すでに収録済みのため、心の中でエールを送っても意味ないのだが。

手遅れのエールを送らずにはいられない！

「……ボ、ボクの、は、はつ……」

丸イスに正座の龍之介は動画でもわかるほど顔を真っ赤にして、目を泳ぎに泳がせる。

「はつきょいは……。初恋は……」

俺のエールが届いたわけではないが。龍之介は、

「ボクの初恋はまだです」

そう言った。

ただ、涼しい顔にはほど遠く、もう涙目だった。

誰がどう見ても、絶賛初恋中の人間が誤魔化すために言った「ボクの初恋はまだです」にしか、聞こえなかった。

放送は終了した。

コメント欄を見ると、

〈恋する龍之介くん破壊力ヤバい　ショタコンになりそう〉

どこかの誰かの性癖のネクストドアを開けたようだった。

〈今初恋中なら相手は誰だ？　ほのちゃんにはベスポジ君がいるし。美澄ちゃんだったりして？〉

※　※

命短し恋せよ男女チャンネルに、美澄への質問コーナー回も生まれた。

以前、撮影した動画「【ドッキリ】元カレからの突然電話。彼氏の反応は？【修羅場】」はお蔵入りになっているので、視聴者の方は俺と美澄が元恋人同士だったとは知らない。

ほのかと美澄がベッドに仲良く並んで座る、所定の位置。俺は丸イスに座る。

収録が始まった。

「ではではみすみーへの質問コーナーを始めまーす」

「よろしくお願いしますね」

「じゃーん、視聴者さんからたくさん質問が届きました！」

パチパチパチパチ。

「そこでわたしは三つのカテゴリーに分けてみました～」

「なにかしら？」

「『答えやすそうな質問』『答えにくそうな質問』『14歳の女の子にこんな質問ダメ』の三つだよ」

「最後のカテゴリー、気になりすぎるんだが」

「もう、好位置くんのえっち」

「そうか、エッチな質問が送られてきたのか」

「ではではみすみー、最初はどのカテゴリーの質問にしますか？」

「そうね。まずは『答えやすそうな質問』からいこうかしら」

「はーい、『美澄ちゃんってスタイル抜群で羨ましいです。スリーサイズを教えてください！』」

……答えやすそうな質問ではないだろ。

むしろ「14歳の女の子にこんな質問ダメ」カテゴリーだろ。

美澄は、出し抜けにスリーサイズを問われた14歳が浮かべるにしては、気品のある笑みを浮かべる。

「のかちゃんなら、二桁の数字を3つ発表するだけで、石田くんの脳内に幸せな妄想を巡らせられるだろうけど……。私のスリーサイズでは、とてもとても。だから秘密」

「わたしのスリーサイズで、好位置くんは幸せな妄想できるの？」

「あ、いや。その」

「ふふっ。石田くんしどろもどろ」

「それじゃあ、みすみーの代わりに、わたしがスリーサイズ発表しまーす」

「え、え？　ほ、のかちゃん？」

美澄がしどろもどろになるのも無理ない。

カメラに向かってスリーサイズを発表したがるなんて、お前さんはグラビアアイドルか！

俺と美澄が止める前に、ほのかが言う。

「ええと、上から『102』」

——!?

まさかの三桁！

大きいとは思っていたが、14歳でそんなデカさありえるのか！

美澄は病衣の上から自分の胸をペタペタ触り、憂いを帯びた表情で溜め息を吐いた。しょんぼりの仕方が色っぽいやつ。

ほのかのスリーサイズの発表はまだ続く。

「次が『73』」

おそらく巨乳女子のリアルなウエスト！

「最後は『35・8』だよー」

魅惑の逆三角形ボディーー！

いやいや逆三角形過ぎる！

俺が存じている人間の形じゃない。たまらず言う。

「最後の数値はなんだ!?」

ほのかは、あっけらかんと言う。

「体温だよ。今朝計ったやつ」

「たいおん？　なんで最後に体温を発表してるんだ？」

「あ、体温は最初に言ったほうがよかった？」

「ちげーな。どうしてスリーサイズに体温を含んじゃったんだよ」

そこまで言って、上の血圧と下の血圧と体温をまとめて、スリーサイズと呼ぶ看護師を思い出した。

「ほのかよ。もしかして最初に言ってくれた『102』ってのは……」

「今朝計ってもらった上の血圧だよ」

俺の身体から、一気に空気が抜けた。

ベッドの上では美澄が「のかちゃんってば」と、愉しげな忍び笑い。

「ねえ、好位置くん好位置くん」

ほのかは、なぜかウキウキした表情を浮かべている。

「どうした？」

「わたしのスリーサイズ聞いて、えへへ、幸せな妄想してくれた？」

ああ、ぽのかよ。


このあと、美澄はスリーサイズ（上の血圧・下の血圧・体温）を発表した。

視聴者の期待をスルーする配信で申し訳ない。

でも、14歳の女の子からスリーサイズを聞きだそうとするやつの願望なんて、叶えないほうがいいだろう。

『答えやすそうな質問』『答えにくそうな質問』を軽やかに答えていく美澄。

好きな色はなんですか？『答えにくそうな質問』カテゴリー。

犬と猫どっちがお好き？『答えにくそうな質問』カテゴリー。

どの季節が好きですか？『答えやすそうな質問』カテゴリー。

なあ、ほのか、どういう基準で答えやすいと答えにくいに分けたんだ？

『14歳の女の子にこんな質問ダメ』カテゴリーに分類された質問が、俄然気になってきた。

それは美澄も同じだったんだろう。

最後の質問を選ぶ段で、美澄は『14歳の女の子にこんな質問ダメ』カテゴリーを選んだ。

すると。

「みすみーのその心意気アッパレです！」

ほのかは嬉しそうにベッドの上で、座ったままぴょんと跳ねた。

「ではでは、乙女の最大の秘密を教えて頂きましょう！　その質問は――」

場に、謎の緊張感が張り詰める。

「『美澄ちゃんの好みのタイプはどんな人ですか？』――きゃあ！　これはハズいやつだ！」

……なるほど、恋に恋する少女ほのかにとって、恋愛関連の質問こそがハードル高いというわけか。

でもそんな質問、美澄なら造作もないだろう。

なにせ、ウチの母ちゃんの美魔女仲間がよく兼ね備えているところの、並の男性を圧倒する色香を漂わせている14歳なのだ。

好みのタイプなど、「近くのラーメン屋」を聞かれたSiriのように、無感動に即答してくる。

――と、思っていたんだが。

「…………」

美澄、沈黙。

間を持たすことで、この場の雰囲気を楽しんでいるのか。

「…………」

一度だけ俺のほうを見た美澄と目が合うと。

視線に静電気でも流れたみたいに、彼女はパッと目をそらした。

色白の頰をわずかに赤らめた美澄は、カメラを上目遣い気味に見据えると、

「……私の、好みの、タイプは……——」

※　※

消灯後の副院長室。

「ベスポジ貴様！　どんな催眠術をかけたか白状しろ！」

入室した俺に、医学論文で山積みの机越しの龍之介が、夜分の挨拶も割愛して放ってきた第一声がそれだった。

「催眠術？　なんだその質問？」

「美澄嬢だよ！　好みのタイプのことだ！」

「ああ」

今日の昼に収録し、編集したものを今夜配信していた。龍之介はもう視聴したのだろう。

俺は定位置である応接セットのソファーに座った。

「動画のほのかは今日も可愛かったか？」

「ほのか様はいつだって可愛いに決まってる。テロップのフォントだって、ほのか様のは可愛いんだ」

「おぅ、あのテロップの文字起こしは、俺がやってるんだぜ」

「お疲れ様でございます！　ってベスポジの労をねぎらってる場合か。どうして美澄嬢の好みのタイプが、このボクになってんだ！」

最後に発表した美澄の好みのタイプ。列挙された特徴のどれもが、龍之介と合致していた。

それは視聴者さんも同じく思ったようで、

〈美澄ちゃんと龍之介のカップル誕生間近⁉〉

〈りゅうのすけがマジ今世紀最大にうらやましい〜！〉

〈こうくんとほのちゃんカップルとダブルデート希望です〜〉

〈どひゃあ――――!!!〉

配信後のコメント欄は、お祭り騒ぎになっていた。

「龍之介、おめでとう」

「なに隙間風みたいな声で『おめでとう』言ってくれてるんだよ。これからベスポジは、ボクの尋問を受けるんだから、しゃきっとしろよう」

「しゃきっと、か。ははっ」

つい乾いた笑いが漏れる。

元カノの美澄は、俺とほのかのカップルＹｏｕＴｕｂｅｒ活動を応援してくれている。

だから、俺に対して恋愛感情なんてないんだろうなとは、わかっていた。

そして美澄は、龍之介のことを好きになっていったのか……。

確かに、龍之介はすげぇいい奴だけど……。

――このモヤモヤするチクチクした気持ちはなんだろうか。

そんな名前のわからない気持ちを抱える俺の前で、龍之介はなにやら語り始める。

「ついこないだ。ボクは美澄嬢とフリースペースで鉢合わせて、ちょっとお話しできたことがあったんだ。そのとき、ほのか様憧れのＶＴｕｂｅｒであられた美澄嬢に、ボクは一目置かれたい欲がむくむく湧いてきてさ」

「むくむくしちゃったかぁ」

「即日で一目置かれるためには、同世代より圧倒的な差を見せつけられるポイントをアピールするに限るだろ？　だから、ボクのステータスは見てのとおり容姿『Ｓ』、それに金も『Ｓ』ですと。美澄嬢にとくとくとお伝えしたんだ」

「とくとくしちゃったかぁ」

医学論文を取り寄せて日々読み漁るお前さんは、行動力も根気も『Ｓ』だよ。

あと投資でアッパレな資産運用をしてるお前さんは、おそらく判断力も忍耐力も『Ｓ』だよ。

「で、そのときは気づかなかったんだが。ボクがそんなアピールを美澄嬢にしてるところを、看護師さんに見られていたんだ。いったんトイレで席を外して、戻ってきたらさ。フリースペースでは、看護師さんが美澄嬢に向かって『金持ちクソ坊やの相手してもらってありがとうね』と言っていたんだよう」

「お、おう」

龍之介は、夜這い未遂事件の誤解（本当はカミナリが怖いほのかにイヤーマフを届けに行っただけ）を解いておいたほうがいい気がする。それのせいか知らないが、ここの看護師さん達は龍之介に、ちょっと手厳しい。

「なぁ、ベスポジよ。どこの世界に看護師さんから『金持ちクソ坊や』と呼ばれる男子を、好みのタイプに挙げるお嬢さんがいるよ！　以上のことから美澄嬢は、催眠術によって、本心でもない好みのタイプを言わされたんだ！」

「龍之介のステータス、想像力も『S』だな」

「それにベスポジが催眠術の使い手だったら、辻褄の合うことがあるんだ」

「お聞かせ願おう」

「最近、なぜかボクはベスポジととても仲良くなってしまったなぁ、と思ってたんだが。謎が解けたぞ、ボクに催眠術をかけたんだな」

「そうかよかったよ。俺も龍之介ととても仲良くなれたと思ってたところだ」

俺が催眠術を使えないということを理解してもらうのに、そこから十分少々、必要だった。

催眠術の疑いが消えても、龍之介の中で、美澄が本心ではない好みのタイプを、動画で発表したという考えは変わっていないようだった。

真夜中の副院長室で、龍之介が呟いた。

「……美澄嬢は、ベスポジのこと、まだ想ってるように見えるけどな」

「どこをどう見たら、そう見えるんだよ？」

「だって美澄嬢はベスポジにだけあたりが強くて、毒舌を吐くだろ。あんなの、好きって気持ちを封印するためか、心底気にくわないやつじゃないと、しない行動だろ？」

「じゃあ、心底気にくわないんじゃないのか……。なあ、この話題はもうやめようぜ」

「ベスポジ、なんか怒ってる？」

「思い返せば美澄さんは小六んとき、男全般に毒舌吐いていたんだ。なんとも思ってないやつには毒舌が吐きやすいんだよ。……龍之介はもしかしてアレだろ」

「もしかしてドレだよう」

「俺と美澄さんがくっつけば、ほのかと自分がうまくいけるとか思ってんだろ？」

ああ、ダメだ。発した声が、自分が思っているより、尖ってしまっている。

「べ、ベスポジ、お前すごいぞう！」

「なぜ声を震わせて褒めだした」

「それ名案じゃないかよ！　……そっか、そうか、ベスポジと美澄嬢が結ばれたなら、そのときはボクとほのか様が……！」

龍之介は口元を手で押さえ、どこか虚空を見つめる。

「つまりボクがこれからすべきことは、美澄嬢とベスポジがくっつくように、あれこれ画策することか。札束で院長室を借り上げ、そこにベスポジと美澄嬢を呼び寄せ、二人を朝まで閉じ込めるというのはどうだ」

「おい、金持ちクソ坊や。どういう原理のひとり言なんだそれ。思惑をダダ漏れさすなよ」

「ベスポジ！　ボクはほのか様にはいつも笑っててほしい！」

「ああ、俺も同感だよ」

「美澄嬢とベスポジがくっついたらほのか様はどうしたって悲しむだろう。でも、そのとき、ほのか様の隣には、ベスポジよりもいい男がいたと気付かせてみせるぞ！」

龍之介よ、実はお前はとっくに俺なんかよりいい男なんだよ。

ただ、龍之介のかっこよさがほのかに、さっぱり伝わってなさそうなのが、問題だ。

# 9

少し気取った物言いをさせてもらえるなら。

創造と執念の中で生きていた。

命短し恋せよ男女チャンネルの内容を企画し、撮影し、編集し、配信する。

これほど、考えた何かを次々と形にしていき、手応えを感じる日々を継続させたことはなかった。

誰かからすれば、たかがカップルYouTuberの活動と言われてしまうかもしれない。

でも、ほのかは一生懸命だった。すごく楽しそうだったから、悲壮とか切実とかは似合わなかったけど。生きた証を残そうとしているようだった。

毎日創造しているほのか。

そのそばには、俺や美澄や龍之介もいた。

好みのタイプ発言以降、視聴者さんもほのかもあと俺も、美澄が好きなのは龍之介だと思っている。

恋に恋する少女ほのかは、

「ねえねえ好位置くん、大事な友達の恋を応援するときって、差し出がましくならないようにするには、どーすればいいかなぁ」

恋のキューピットになりたそうだった。

これで困るのは、ほのかが好きな龍之介だ。

「くあー！　かくなる上は！」

だから龍之介は、ほのかの前で美澄から毒舌をもらおうと目論む。

動画の打ち上げを病室でしているとき。

龍之介は、美澄がお盆のお菓子に手を伸ばしたタイミングに合わせて、勢いよく手を伸ばした。二人の指に触れた個包装のお菓子が、テーブルの端に落ちる。

ヘマをして、毒舌をもらう作戦だった。

龍之介の顔は、女王様からお叱りの言葉を待つドMのような期待が隠せてなかった。

美澄はお菓子を手にし、個包装のビニールを開ける。

「龍くんってば、そんなにこれが食べたかったの？　はい、どうぞ」

目論見が外れ、毒舌をもらい損ねた龍之介はガッカリした様子だった。

その落胆に気付いた美澄が、

「どうしたの？　あーん、してほしかったの？」

「み、美澄嬢！　あーんとか勘弁してくださいよう！」

ほのかは、おませな小学生みたいに「ヒューヒュー」と楽しげ。

日中は患者図書室で、夜は副院長室で。

医学論文に目を通していた。

生まれてこの方、黙読した活字の一位は当然日本語だが、二位の英語が猛然と追い上げてくる日々。

世界的に非常に珍しい疾病である「全身性免疫蒼化症」のことが直接記述された論文は、まずなかった。

俺と龍之介が重点的に目を通していたのは。

「免疫」についての論文だった。

目がしょぼしょぼになり、一日のノルマに定めた量を確認する前に、眠気に襲われる。

そんなとき、俺は顔を上げ、視線を横に向ける。

するとそこには――

副院長室の重厚な机に広げた論文を、猛然と読み込んでいる男の姿が見えるんだ。

自分の好きな子の病気を治したいと願う男の執念。強烈な眠気覚ましだ。

ささやかなケーキが出たクリスマスの真夜中も。

天ぷらそばを食べた大晦日の年越しも。

俺は龍之介と副院長室で、いつもと同じように過ごした。

※　※

終日院内デイズを送る俺たちに、外出許可が下りたのは、冬のビッグイベントの日だった。

雪まつりだ。

札幌の中心部、東西に約1・5㎞ある大通公園の全域で繰り広げられる――北の観光都市のアドバンテージをこれでもかと見せつける一大まつり。

（……靴を履くなんて、久しぶりだなぁ）

テレビ塔向かいの雪幌病院を出ると――視界にもう、雪まつり会場が見えた。

全館空調の効いた病院から解き放たれた俺たちは、冷蔵庫の中より冷えた外気に包まれただけで、気持ちが浮き立った。

意気込みはもう、地元民のそれではなかった。

道外や海外からの観光客のテンション。路上の雪山に素手を突っ込んで、「ちべたい」と言うほのかに倣って、みんなで雪山に素手を突っ込んだ。

そして、セイコーマート（北海道をいい意味で牛耳るローカルコンビニ）に入る。

セコマブランド特有の、きっと、パッケージにデザインセンスをあえて発揮していない安すぎるカップ麵。

店内調理のデカすぎるおにぎり（たらこが旨い！）。

100円そこそこの惣菜群。

店内は、半永遠的に生きられる気でいた数ヶ月前に見た景色と、おんなじだった。

「――――！」

懐かしさに、なんかこう、圧倒された。

大人がよく「懐かしい」と嬉しそうに言う意味が、14歳にしてわかった気がした。

今回の外出では、命短し恋せよ男女チャンネルの企画も考えていた。

セコマに立ち寄ったのは、企画のために購入したいものがあったのだ。

コンビニ前で、それぞれに渡されたのは。

使い捨てカメラの――写ルンです。

襟に大きなファーの付いた白いダウンコートに、モコモコの耳当てのほのかが、ウッキウキの声で言う。

「『第一回　エモい写真選手権in雪まつり』を開催しちゃいます！」

ルールはシンプル。

今日一日で、写ルンですの27枚を撮り切る。

最後に現像して、誰が一番エモい写真を撮れたかを競う。

審査員は俺たち四人（自分以外の人が撮った写真で、いいなぁと思ったものを選ぶ）。

「なあ、みんなでずっと一緒に行動してたら、お互いが何を撮ったか、なんとなくわかっちゃいそうだよな。少しくらいわからない部分があったほうが面白くないか？」

俺のこの発言によって、一旦ペアで分かれて別行動（全二回）することになった。

というわけで。

最初のペア決めのグーパーグーパーした結果。

俺とほのかペア。龍之介と美澄ペアになった。

日頃はスリッパで病院の床を歩くだけの俺たちにとって。

「ねえ、ミシミシするね」

「ああ、ミシミシするな」

雪の道の踏み心地は愉快だった。

俺とほのかは大通公園を、より賑やかなエリアへと移動していった。

北海道に生まれた弊害で、雪のことをロマンチックだと思いそびれていたが。

「好位置くん見て見て！　大雪像だよ！」

ほのかをここまで無邪気に喜ばす雪のことを、見直していた。

俺たちはグルメな出店がひしめくエリアに、差し掛かっていた。

「ねえ、好位置くん。なにか食べようとしてもいいかな？」

「食べようとしてもいいと思うぞ」

「……ジンギスカン串、カニ味噌ズワイ棒。どっちがいいかな」

「両方ともいっちゃおうぜ」

「ぴゃ！　いいの⁉」

その場でぴょんと飛び跳ねるほのかだった。

「好位置くんに、奥義・北海道グルメ二本食いを見せたげるね。えへへ」

「奥義の使い手に会ったのは初めてだな」

こうして。

「いただきまーす」

ジンギスカン串とカニ味噌ズワイ棒を頬張りだしたほのかの、その恍惚の表情を写真に撮ることになった。

余命宣告されているくせに、俺たちの身体は育ち盛りのようで。

一本の串と棒を半分こずつでは、胃袋は落ち着くどころか、なおも食事を欲する状態になった。

次はなにを食べようか。

そして、再びほのかが美味そうな二択に悩みだす。俺が言うのはこの言葉。

「両方ともいっちゃおうぜ」


野外に設けられた飲食スペースは、背の高い小テーブルがいくつも並ぶ、冬空の下の立ち食いスタイルだった。

「野外のラーメンって、湯気が凄えな」

ホタテ味噌バターラーメンを、ほのかがフーフーしている。その様子を俺は、具が鮭のちゃんちゃん焼きの中華まんを頬張りつつ、写真に収める。ほのか舌鼓コレクション増加の一途。

「おいちぃ。うんめーです」

ごはんを美味しそうに食べる女の子って、いいな。

「うんめーか。へイへイ、俺にも食わしてくれ」

ラーメンと中華まんも、半分こした。

まるでいつもそうしていたかのように、食べ物をシェアする俺たちだった。

で、気付いた。

ほのか以外の人とだったら、きっと抵抗を覚えただろうな、と。

中華まんは最初から半分こにして食べていたけれど、ジンギスカン串とカニ味噌ズワイ棒は交互にかじり付いていた。ラーメンは箸を分けていたけれど、交互に啜った。

こういうのは間接キスと呼ぶんだろうか。

呼ばないとしても、心が甘く緩むような、得も言われぬ心地になった。意識すると胸が高鳴った。

俺の胸をドキドキさせた少女は、両手で持ったラーメンどんぶりを傾けていた。レンゲを使わずにラーメンの汁を飲む女子の姿に痺れた。いいね。

ほのかはどんぶりをテーブルに置くと。

「最新版のわたし、最高だ」

と言うから俺も。

「最新版の俺、最高だ」と合わせた。

ごちそうさまでした、と手を合わせたほのかは、ぽそりと言う。

「今のわたしを見たら、驚くだろうな」

「誰が今のほのかを見たら、驚くんだ？」

「……好位置くんと出会う前の昔のわたし」

ラーメンの残り汁に、ほんの小さな雪が舞い降りて、消えた。

「周りから見て、『あの子ひとりだね』って思われる時間の中にいたわたし……。まだ六日。あと三日。もう明日。次の副反応の夜が来るのを、いつも怯えていたっけ。昔のわたしはどの瞬間も、誰にも見せたくないわたしだらけだよ。えへへ」

つい今し方、ラーメンを豪快に啜っていた口から漏れる寂しげな笑いだった。

「……ほのか」

「だから昔のわたしがね……、雪まつりに来られて、こうして大好きな人と美味しいものを食べまくりの今のわたしを見たら、絶対言うよ。『最新版のわたし、最高だ』って」

不意に、あまりにもまっすぐに「大好きな人」と言われた気恥ずかしさで。また手もなくドキドキさせられる俺だった。

雪像よりも、雪まつりグルメを撮った写真のほうが多かった「ほのかとのペアの時間」は終わった。

市民制作の小雪像群を抜けて、雪ミクの雪像前に向かう。美澄と龍之介との集合場所だ。

俺とほのかが着いてまもなく、二人も来た。

「どうしたんだそれ？」と俺。

それというのは、龍之介の頰の十字の傷だ。別行動する前はなかった。

「狸小路のドンキで買ったタトゥーシールだ」と龍之介。

「狸小路のドンキ懐かしいな。なんでタトゥーシール貼ってんだよ？」

龍之介は顔を赤くして俯いてしまう。隣にいた美澄が事情を説明してくれる。

「私と龍くんが二人で歩いていると……、その、二人とも女の子に見えるらしくて……。声をかけられることが続いちゃって」

ナンパされたわけか。

でも、なぜタトゥーシール？

美澄は、俺に耳打ちしてくる。

「龍くんは、見た目の男らしさを上げたかったのよ」

頰に十字傷か。確かに勇ましいな。

でも、頰に十字傷のある女の子に見えるだけじゃないのか。

それを聞くと。

「そうね。でも声をかけられることはめっきりなくなったわ。たぶん――」

そこで美澄はまた俺の耳に唇を近づけると、こっそり言う。

「可愛い女の子でも頰に十字傷があったら、この子をナンパするのはやめておこうって思うんじゃないかしら」

なるほどね。実際の十字傷じゃないと気付いたところで、頰にタトゥーシールを貼るセンスの子は、敬遠されるよな。

俺たちの輪の端っこで俯いたままになっていた龍之介に、ほのかが顔を寄せると。

「それかっちょいい！」と言った。

龍之介は驚いた表情で顔を上げた。

「ほのか様、ボク、かっちょいいですか？」

「うん。頬の傷は漢の中の漢だ！」

ほのかから初めてかっちょいいを貰った龍之介が、絵本の太陽くらい笑ってた。写真に撮っておいた。


最後のペア決めのグーパーの結果。

俺と美澄ペア。龍之介とほのかペアになった。

頬に十字傷を持つ男が、

「ほのか様、今年の雪まつりは準備段階での積雪量も十分で、かつ気温も安定して低かったので。雪像の出来がここ十年で最高だそうですよ！」

ボジョレーの解説をするワイン通みたいなことをのたまって、ほのかをエスコートしていった。

俺は元カノに向き合った。

ベルト付きの黒のダウンコートに身を包んだ美澄は、病衣姿よりもグッと大人っぽかった。

「石田くんってばそんな熱視線を注いで、私が溶けちゃったらどうするつもり？」

「美澄さんは雪像じゃないだろ」

「雪像は熱視線では溶けないわよ。おバカさん」

「それなら、美澄さんだって溶けないだろ？」

「ふふふっ」

「不敵に笑ってやがる、ヘンな女め」

「ヘンな女め、言われちゃった。あははは っ」

「機嫌いいな。やっぱり待望の龍之介とのペアが、楽しかったのか？」

「……ん？　なあに、その質問？　待望のってどういう意味かしら？」

「いや、だって。美澄さんの好みのタイプは龍之介なんだろ？」

口に出してみて、俺はこれがずっと気になっていたんだとわかった。

美澄は、俺の目をジッと覗き込んできた。強い目力。思わずたじろぐ。

「な、なんだよ？」

「それは違うわよ」

「違う？」

「命短し恋せよ男女で、好みのタイプを聞かれたとき。私その、軽くパニックになってしまったの。頭の中が……。ごまかさなきゃって焦って。思いつくままに言ったら、それがまんま龍くんだったの」

美澄さんが軽くパニック？　珍しいこともあるもんだ。

「もうこの話は終わり。龍くんも、私が好みのタイプをごまかしたって気付いてると思うし。君もそんなこと気にしなくていいから！　私、氷像も見たいの」


俺と美澄は、すすきのアイスワールドの会場に足を向けた。

空気などの不純物を含まない、圧倒的透明度の氷彫刻の数々。

氷のドラゴン。氷の鳳凰。氷の秋鮭。氷のエゾシカ。氷のなにか。

この美しい氷の姿は今この瞬間だけなんだと思うと、少し切なく感じた。


氷の滑り台を発見した。俺は言う。

「あれ一応子供用らしいが、中学生くらいの女子なら滑ってもいいっぽいぞ」

美澄は氷の視線を寄越してくる。

「私が滑るキャラだと思う？」

「美澄さんが滑ってるところを撮れれば、エモい写真選手権でスクープ賞は、かたいぞ」

「そんな賞ないわよ。てゆーか、君は私の写真なんかを撮りたいの？」

「ああ、撮りたいな」

「なにサラッと恥ずかしいこと言ってんのよ。キモ」

「ドゥフフ。俺の目の保養になってくれよぅ」

キモいと言われたから、目一杯キモく言ってみた。

さぞかし辛辣な返しが来ると思っていたら。

美澄は、氷の滑り台のほうを眺めたまま。

「……君がどうしても、撮りたいんなら……。特別にいいわよ、滑ってあげても」

なんだか意外な展開だった。

そしてこのあと、スレンダーに見える美澄だが、意外とお尻が大きいことが判明した。

氷の滑り台にはまった美澄を、俺は助けにいく。

美澄を引っこ抜いた拍子に、案の定というか、足下が滑り、盛大にすっ転んだ。

衆人環視のすすきのの路上で、仰向けで倒れた男の上に被さった元カノの図が、そこに生まれていた。

そそくさと立ち上がって、そそくさとその場をあとにした。

不可抗力で抱いてしまった美澄の華奢な胴の柔らかさと、気持ちいい重さが、頭からなかなか離れない。

無言のまま、氷像を眺めていく俺たち。

やがて、美澄がたまりかねたように言う。

「……ちょっと二人きりになりたいわね」

それはすすきのを彷徨い歩く男女の間でのセリフとしては、穏やかじゃない響きを持つものだった。

賑やかな通りの一本奥に視線を巡らせると——「ご宿泊」「ご休憩」。そんな看板が、今は無闇に扇情的な光を帯びて見える。

ちゃんと聞こえていたのに、俺が返事しそびれていると。

美澄が二人きりになりたがった理由を言う。

「普段の生活ってこんなに周りに人がいないから。私、人酔いしちゃって」

「お、おう。だ、だよな」

俺たちは、すすきのの商業施設nORBESAに入った。

目的は、屋上の大観覧車だった。

二人きりになった観覧車の中。窓の向こうは、見たことない角度から見下ろした札幌の、雪化粧済みの街並み。西の冬空ではキンキンに冷えた夕焼けが始まっていた。

向かい側に座る美澄が言う。

「観覧車に男女で乗るって、なんというか、ベタね。でもそんなベタなことが私達の身に起きたことを好ましく感じるわ」

「なあ、少し聞きにくいと思ってたこと、聞いてもいいか？」

「ダメよ」

「わかった」

「…………」

「…………」

「聞き分けよすぎなのよバカ。いいから聞いてきなさいよ。みんな気になるじゃない？」

「みんなって誰だ？」

「たとえば、私達の会話を聞いている神様とか」

「誰なんだよそれは」

「それで、なにが聞きたかったの？」

「……今日の外出さ、美澄さんはそこまで乗り気じゃなかったって聞いたんだ」

「聞いたのは刈谷さんってところかしら？　……そうね、そこまで乗り気ではなかったかもね」

「どうして？」

「…………石田くんは、『刹那命』の配信って、奇しくも見ちゃったりしてるのよね？」

「奇しくも見ちゃったりしてるよ」

「学園もののゲーム実況も？」

「いいねボタンを押させてもらってる」

ふうっと、美澄が息を吐いた。

「じゃあ、アレも知っているのね。視聴者さんが命名してくれた、セツナミ様の」

「青春無価値論か」

「そうそれ」

学校における青春イベントを全方位から腐す、偏見語録。

ただ、不登校児や、時勢柄学校行事がなくなってしまった視聴者からは、気持ちが救われたというようなコメントも寄せられていたりして、好意的に受け入れられていた。

「あれは、刹那命というキャラクターの発言だけど。美澄さんが日頃思っていることでもあるんだよな？」

「そうね。たとえ刹那命という別人になったつもりでも、思ってもいないことを思っているかのように毎回話せるほど、器用じゃないから」

「雪まつりに、男女四人で行くのは青春っぽいイベントかな？」

「ええ、青春イベント全国大会で北海道地区代表に選出されるわ、きっと」

なら青春イベントっぽい今日は、美澄さんにとって無価値なのか？

それを声に出すのは憚られた。

「……私も君もいつかはわからないけど、死んじゃうでしょ」

「そのいつかが、そう遠くない未来っぽくて困ってるけどな」

「死の間際に、」

ゆっくり上昇していく大観覧車の中。美澄の声だけがした。

「素晴らしいと感じている世界から、もう切り離されてしまうんだって感じるのって。耐えがたいものがあると思うの」

「………」

「アラ、石田くんのオツムではピンとこなかったかしら？　そうね、例えるなら、ご馳走がいっぱい並んだビュッフェ、というかバイキング会場に着いてほどなく、まだお腹も減ってる状態なのに、みんなが美味しそうに食べてる姿を横目に、会場から出て行かなきゃいけないとしたら。耐えがたいものがあると思わない？」

「俺のオツムでもピンときかけてたよ。でも、例えわかりやすかったよ。つまり俺や美澄さんは、人生という名の制限時間90分のバイキング会場に来たはずなのに、14分かそこらで強制退場させられるってわけか」

「人生の1年を、バイキング会場の1分に置き換えたのね。ふふっ。さらに付け足すなら、このバイキングは開始から3、4分くらいは、物心がついてないという名のおあずけ状態にあるわね。そして、このバイキングは20分を過ぎたあたりからメニューが一気に増えるのよ。あとから振り返ったときに15分めから並んだメニューが、一番美味しかったという人もいるでしょうね」

バイキングの比喩、止まらねえな。

「つくづく14分かそこらで退場させられるやつは可哀想だな」と俺。

観覧車は頂点にきていた。

窓の向こうの街並みには、どこまでも建物と建物と建物……。

その建物の一つ一つには、今を生きる誰かと誰かと誰か……。

「……私ね。当たり前に明日も元気で生きられることが、約束されているかのように暮らしてる人達を見るのが……。羨ましくて仕方ないわ」

「バイキングが90分あると信じて、途中で退場させられるなんて考え、よぎりもしないで。好きなものを選んで食べまくれる人達のことだな」

「自分が手にできないものを当たり前の顔で手にしている人達を羨むたび、私は少しずつ私が嫌いな私になっていく。自分のことを嫌いなまま死ぬことは……、厭だなって思った。だから、私はもう何も羨まないで済むように……。この世界は無価値で、みんなが手にしているものは、無価値ってことにしてみたの」

「人生という名のバイキングレストランで、みんなが食べている『青春』という名のご馳走は、実は大して美味しくもない、なんなら苦くて、というかまずくて、食べる意味のないものって

わけだな」

「おまけに食中毒を起こすかも。食べないで済む私はラッキー。……ところで、○○という名の○○って言い草。今気付いたけど、なんか気取っててキモいわね」

「下の利用案内の看板に書いてあったぞ。『観覧車の中では、気取った会話をぜひお楽しみください』って」

美澄は喉の奥で、くすくすと笑った。

「絶対書いてないし」

ほのかと、ハミングしている龍之介（ペア行動が楽しかったようだ）と合流した。

夕方からは四人で行動する。

雪まつり会場で、札幌と姉妹都市ミュンヘンの小屋の中で雑貨を見たり、出店の焼きトウモロコシを食べたりした。

日が暮れてからは、幻想的なプロジェクションマッピングの大雪像をいくつも眺めた。肉眼で目撃できるファンタジー世界のようだ。

この時間が永遠に続けばいいのに、と思うけれど。

唐突に醒める夢のように、光のショーは千切れるような切なさを残し、終わっていった。

「……来れてよかった。えへへ」

雪の妖精のようなほのかの笑顔に、龍之介だけじゃなく、俺まで見とれてしまった。

その瞬間のほのかの背中越しに、うっとり見とれている男二人の間抜け顔は、バッチリ撮られていた。みんなで雪まつりという青春イベントを無価値だなんて思っている人間が撮れるわけない、愉快な写真だった。美澄め。

第一回エモい写真選手権は、結局誰が優勝とか決められなかった。どれもいい写真だったから。

ちなみに優勝は決められなかったけど、特別に設けられたスクープ賞は、氷の滑り台にはまる美澄の一枚（撮影者・俺）が受賞した。

27枚撮りの写ルンです。四人で撮った108枚。

俺たちの宝物になった。

# 10

雪まつりの外出から数日。

「今度のバレンタインデーにはサプライズ企画をやる予定でーす！　好位置くん、きっと驚くぞ」

そんなことを、美澄との余命宣告ガールズの病床女子トークシリーズの締めで言っちゃうぽのかだった。

さあて、俺はバレンタインでなにかが起こるらしいから、努めて無防備で過ごさなきゃな。いいリアクションのためだ。うまくできるだろうか。驚く練習をしとくか。

でも、驚く練習の成果を発揮する機会はなくなった。

バレンタインデーのサプライズ企画は立ち消えたから。

ほのかが、体調を崩したのだ。

「好位置くん、昨日の撮影ごめんなさい！　今日はこの通り元気モリモリのわたしだよ」

バレンタインの次の日。ほのかの病室だった。

「元気モリモリ、いいね」

俺は、なんでもないことのように言えただろうか。

ベッドで上体を起こすほのかの隣には、今までなかった点滴スタンドがあった。

中空に吊り上げられている透明なパックの中身は、生理食塩水だった。

ほのかは薬の成分の代謝が、うまくいかなくなってきていた。

薬剤が体内に不必要に残る。それが因で、副反応の夜以外でも体調を崩してしまう。

なので点滴の生理食塩水で、薬の正常な体外排出を促している。そう聞いた。

ほのかの副反応の夜の症状は、悪化していった。

息苦しさから、副反応の夜は鼻に透明な管状のものを装着するようになった。呼吸困難を緩和するための医療器具。鼻カニューレというものだった。

元々あった寒気の症状に加え、高熱、幻覚、目眩……。複合的な苦しみが、ほのかを襲っていた。

そんな彼女を見るたび、俺の心は粗い鑢でもかけられたように、痛んだ。

「……好位置くん、大好きだよ。ずっと一緒にいようね」

幻覚症状が出ているほのかは、愛情表情がとっても素直な子になった。

ほのかの意識の中で俺は、彼氏のフリをしているカップルYouTuberの相方なのか、本当の彼氏なのか。曖昧になっていたんだと思う。

副反応の夜に見舞ったとき。

丸イスに座り、手を繋いでいた俺に、

「……こっちに、来てほしい、です」

ほのかは身体をずらして、シングルベッドにスペースを空けた。手を引っ張られ、俺は振りほどくことはしなかった。

狭いベッドのなか、ほのかの隣に潜り込んだ俺。

タオルケット、掛け布団、極厚の毛布。シーツの下には電気敷きパッド。

サウナみたいな暑さだった。

じっとりと汗が滲む。

悪寒に耐えるほのかは仰向けの俺を抱き枕にして、

「わたしの湯たんぽだぁ」

過酷な症状まみれの副反応の夜に、嬉しそうな声を出した。

俺の身体なんぞで、ほのかの苦しみが少しでも和らぐのなら、どうぞ好きに使ってくれ。

ただ、情けないことに。

ほのかがツラい副反応と闘っている夜だというのに。

暑い布団の中で、汗が混ざり合うほどくっついていたら、死に至る病を抱えた俺の身体のまだ健全な男子の部分がことさら刺激された。

顔の向きをほのかのほうに動かしただけで、唇が彼女の顔に触れてしまいそうな状況で、俺が奇蹟みたいな自制心を発揮し続けられたのは。

好きな人のために毎日医学論文と格闘する男——龍之介の姿が瞼の裏に浮かんできたからだ。

この日から。

毎週ほのかの副反応の夜には、暑い布団の中で。

美澄の弁を借りるなら、えちえちな匂いのするド迫力おっぱいの可愛い子に覆い被さられながらも、紳士的なゆたんぽになる俺がいた。

ほのかの苦しさが少しでもラクになりますようにと、祈りながら。

三月になると、ほのかの余命が月単位から予後週単位に変わった。

医学的に予後週単位になると、余命は「あと14～55日」と算出されたことを意味する。そう説明してくれた刈谷さんが、極力顔色を変えないように努力しているのがわかった。

「のかちゃん……」美澄は目を真っ赤にして。龍之介は血の気の失せた青い顔をしていた。

俺の胸はひどく締め付けられ、自分が抜け殻になっていくような、そんな気がした。

ほのか。

出会った瞬間から、お互い余命宣告を受けていた。

最初から、近い未来にどちらかが死を見届ける関係性だった。

それでも、ＹｏｕＴｕｂｅ撮影中におどけるほのかを見ていたら、こんな時間がいつまでも続くような気がしていた。

笑い合ってるとき、俺達の隣にいた死はつかの間どこか見えないところに行ってくれて。死ぬことはまだ先のことだって思えていた。

あのとき感じていた「まだ先」に、もう追いついてしまうのか。

副反応の夜に体力を奪われるせいか、ほのかはよく眠るようになった。

今日も命短し恋せよ男女チャンネルの打ち合わせをしに、ほのかの病室を訪れたのだが。

彼女は眠っていた。

あれは一ヶ月前の雪まつり。

大通公園で、ジンギスカン串やカニ味噌ズワイ棒、中華まんやホタテ味噌バターラーメンを前にして飛び跳ねて喜んでいた子が、今はとても静かだった。

俺は眠るほのかを起こさないように、病室を出た。

※　※

「ほのか様の結婚式をしよう」

ほのか抜きで、次の命短し恋せよ男女チャンネルの打ち合わせを俺の病室でしていたとき、龍之介が出し抜けにそう言った。

お題は、ほのかになにかサプライズを、というものだった。

「結婚式……。のかちゃん、こないだ言ってたものね」

美澄が言った「こないだ」というのは——先日の配信のことだった。

撮影中も点滴スタンドを横付けし、質問コーナーに答えていくほのか。

『生まれ変わったらなにになりたいですか？』

健康な人達の間でなら、信号待ちの間にしてもいい気軽な話題だ。

ただ余命宣告を受けている俺たちには、危なっかしい話題だった。

こんなセンシティブな質問は、スルーしてもよかったんだが。

このとき、朝から微熱が続いていたほのかは、夢見るような顔で言った。

「生まれ変わったら、好きな人と結婚できる人生を送りたいなぁ。えへへ」

俺と美澄と龍之介の頭ん中に、あのときのほのかの儚い笑顔が蘇っていた。

龍之介が言う。

「生まれ変わったらじゃなくて、ほのか様に今世でその夢を叶えてもらおうぜ。ベスポジと結婚式を挙げるんだよ！」

ほのかのことが大好きな龍之介だ。

ほのかが誰かと結婚式を挙げることなんて、悪夢に違いなかった。

その証拠に、龍之介のしぶとい笑顔から視線を下げると、強く握られたこぶしの関節が白くなっているのが見えた。

「……龍之介」

お前さんはいつだって、ほのかのためにしか考えない男だな。

俺だって、ほのかが喜ぶことをしたい男だ。迷いはなかった。

「……サプライズの結婚式、やろう」

美澄が、「ふふっ」と共犯者の顔で微笑んだ。

「婚約もプロポーズもかっ飛ばして挙げる結婚式。命短し恋せよ男女史上、最大級のサプライズになるわね」

結婚式の計画は、ほのかにだけは内緒で、多くの人を巻き込んで突き進んでいった。

雪幌病院の全面協力はありがたかった。

本職のドレスコーディネーターが、看護師として潜入できたのも全面協力のおかげだった。病室でほのかを介抱するふりをして、ウェディングドレスの採寸をしたのだ。

ちなみにそのドレスコーディネーターは、どこから連れてきたかというと。

本業はウェディングプランナーの美魔女の母ちゃんの仕事仲間だった。

「いつの日か、息子の結婚式もプランニングできたらと考えていたけど。まさかもう出番が来るとはね！　好位置、アンタさては親孝行者だね～」

おお乗り気の母ちゃんは、美魔女仲間のフラワーコーディネーターも召喚してくれた。

当日会場を飾る花の打ち合わせで、俺は黄色い花をメインに選んだ。

明るいほのかに、似合う色だと思った。

机や応援セットを向かいのカンファレンス室Ｃに搬出し、副院長室に手作りのチャペルをつくった。

装飾バルーンや折り紙、キャンドルライトで飾り付ける。

雪まつりで撮った写真の中から、新郎（俺）と新婦（ほのか）が写ったものを写真立てにして並べるアイデアが出た。

「ほのか様の結婚式のためとはいえ、二人の写真選び。ボクのゲボは新郎にしか、かからないように気をつけなきゃな」

新郎への吐瀉物ならセーフというわけではなかったので、俺が写真選びをした。

会場入り口に設置するウェディングボードに新郎新婦の似顔絵を。そんなアイデアも出た。似顔絵制作は、ウェディングプランナーの母ちゃんの人脈を頼ろうか、それとも「お金の力で名うての絵描きを」と息巻いている龍之介に頼ろうか。

「……私が描きたいのだけど、いいかしら？」

美澄だった。

「美澄嬢は絵心がおありで？」

「龍くんは以前、私が描いたものをカワイイと褒めてくれたわね」

「え、ボク、美澄嬢の作品って見たことありましたっけ？」

「……刹那命の立ち絵。あれ描いたのは私なの」

決まったばかりのウェディングボードの似顔絵担当者が、俺に言う。

「超可愛い新婦に新郎が釣り合えるように、君の顔は二割増しでいい男に描いておくわね」

「元カノの優しさ、痛み入るよ。五割増しで頼む」

刈谷さんが真紅の長い布を防寒意識に欠けるマフラーみたいにかけ、「どうよ？」と言ってきたこともあった。

「なにが、どうよなんですか？」

「あーしが牧師をやんだよ。龍の野郎が、お金の力で、名うての牧師をどうのこうの騒いでたんだが。そんなポッと出の牧師より、あーしのほうがほのかと石田好位置の結婚を心から応援できるからな」

「牧師って応援要素いらないんですよ、きっと」

そう言って俺は笑った。

サプライズ結婚式の準備に取り組めた三月のこの一週間。

病棟で俺と顔を合わせた誰もが、病気や体調の話ではなく、結婚式の話題をする。

不思議な季節だった。


挙式前夜、眠れない夜の中に俺はいた。

もし俺が、棺桶に片足突っ込んでいない系中学生に戻れたら。

もし俺の身体が初めから、死に至る病に侵されていなかったら。

そんなことを長く考えていたせいか、いつのまにか眠りに落ちると——おかしな夢を見た。

そこでは俺もほのかも美澄も龍之介も、病気が治った元気な姿で、学校に通っていた。

クラスメイト達は、俺とほのかがカップルYouTuberだと知っていて。だから学校一有名なカップルで。俺は冷やかされるのに慣れていない様子だった。

制服姿が似合っているほのかは可愛くて。胸はさらに大きくなっているみたいだった。

幼いときからの入院生活で、同世代との交流が命短し恋せよ男女メンバー以外にはないためか、人気者になったほのかは人の輪の中で戸惑ったように笑っていた。学校生活初体験のほのかが謎のポンコツっぷりを発揮するたびに、俺は助けに入った。

制服姿が似合っている美澄は綺麗で。雰囲気がもう軽く妖艶だった。

相当モテているようだが、誰とも付き合う様子はなく。男子に対し、近寄りがたい空気を発散していた。俺に毒舌を吐くのも変わらない。放課後の美術室、真剣な表情の美澄が驚くほど美しい絵を描いていた。俺は声をかけられなかった。

龍之介は背がグッと伸びて、俺よりデカくなっていた。もともとの整った顔も相まって、モデルみたいだった。モテまくりだ。でもやっぱりほのかにほのじの龍之介。俺を最大のライバルだと言って、なんだかんだと絡んでくる。

放課後の教室、テスト勉強、学校祭、生徒会選挙、夜の遠足……。

経験したことのない断片が流れていって。

目が覚めると、俺は少しだけ泣いていた。

※　　※

挙式当日。

最近では比較的、体調が落ち着いていたほのか。

窓際でささやかなストレッチをしている彼女に、録画中のカメラを向けたまま、今から何が始まるのか伝えると。

「好位置くんとわたしの結婚式⁉　きょえぇ！　わぁ！　のほっ⁉」

驚き覚めやらぬほのかが、ラジオ体操第二のピークくらい飛び跳ねた。

さすが命短し恋せよ男女チャンネルのリアクションクイーン。

サプライズのしがいがある。

俺は、これから新婦控え室になるその病室をあとにした。

新郎控え室（俺の病室）に戻って、着替えなきゃいけない。


地下の手作りチャペル内は、キャンドルの灯りが照らす——幻想空間に仕上がっていた。

いや、幻想空間とは大袈裟かもしれなかったが。自分達で用意した病棟のチャペルは、感慨もひとしおだった。

チャペルには外来待合のベンチが運び込まれていて、母ちゃん（撮影担当）と、抽選で当たった看護師さん達が詰めかけていた。

牧師（刈谷さん）もスタンバっている。

祭壇に抜擢された北欧風のキャビネット（副院長室に元々あった）の前で、俺は新婦がやってくるのを待っていた。

そして。

この場にいるみんなの視線を集めた扉が開かれると――

純白のドレスを纏った天使がいた。

結婚式の間だけ点滴スタンドを外したほのかが、両隣に美澄と龍之介を従えて、手作りチャペル（副院長室）の平米数の問題でごく短いバージンロードを、ゆっくりと歩いてきてくれた。

俺のすぐそばに立ち止まったほのかが、照れくさそうに言う。

「……似合ってるかな？」

似合っていた！

ただ、声にすると、口から心臓が出てきそうなほどドキドキしていた。

14歳の新郎にできたことは、顎をコクコクさせるだけ。

牧師の刈谷さんが、誓いの言葉を読み上げる。

「新郎好位置さん。

あなたは、ほのかさんを妻とし。

健やかなるときも、病めるときも。

喜びのときも、悲しみのときも。

死がふたりを分かつまで命の続く限り。

愛をもって互いに支えあうことを誓いますか？」

その誓いの言葉は、14歳の心で聞くには、本来ならば大袈裟に響くものだったのかもしれない。

でも、今の俺の心には、驚くほど馴染んだ。

死に至る病に侵されている俺たちは、健やかなときだけじゃなく、病めるときも一緒にいたから。

死が俺たちを分けてしまうまで、互いに支えあうだろう。悲しみのときを乗り越えながら。

喜びのときをもっともっと重ねながら。

俺は心から「はい！」と言った。

「新婦ほのかさん。

あなたは、好位置さんを夫とし。

健やかなるときも、病めるときも。

喜びのときも、悲しみのときも。

死がふたりを分かつまで命の続く限り。

愛をもって互いに支えあうことを誓いますか？」

ほのかは小さく呼吸して、「……はい」と頷いた。

彼女の発したその二音には、ほのかの想いがすべて込められているようで。

俺はその二音の響きを、いつまでも忘れないだろうなと思った。

そのあと。

新婦のベールをそっと持ち上げ、ほのかと一瞬触れるだけのキスをした。

その場面を録画したムービーをあとから何度見ても。

自分が一連の動作をちゃんとできていたことに、いつも信じられない気持ちになるんだ。

キス直後の動画では、顔を真っ赤にしてはにかむほのかの唇が動いているのが確認できるが、声までは拾えていない。

忘れることはないだろう。あのときほのかは俺にそっと——

「わたしを幸せなほのかにしてくれてありがとう」

そう囁いたんだ。

結婚式は終わった。

ポルノ小説の驚くべき破廉恥なシーンといえば「ほっぺにチュー」と答える男が、自分の好きな人のキスシーンを目撃したために、気を失いかけたりもしたようだが。

ハプニングもトラブルもなかった。

結婚式の様子は動画配信され、過去最多の「いいね」をもらった。神回と呼ばれるようになった。

動画が好評なのは喜ばしいことだったが、俺たちの中で喜ばしい出来事は、それくらいだった。

ほのかの容態の悪化が止まらなかったのだ。

ツラい副反応から、ほのかは水曜日を酷く恐れるようになった。

副反応の夜以外も、鼻カニューレをつけるようになった。

食事制限はない蒼化症だが、病院食も俺たちと献立が変わった。嗅覚障害が出ていて、匂いの強い食べ物だと気持ち悪くなってしまうのだ。

そして。

ほのかの次にこの病気と長く付き合っている美澄も、薬の体外排出が上手くいかなくなってきた。ほのか同様、生理食塩水の点滴スタンドに常に繋がれるようになった。

小児病棟の絵本の朗読も行われなくなっていた。

美澄の副反応の夜の様子については、刈谷さんから聞いていた。

寒気、身体のしびれ、胸の痛み、強い吐き気に襲われているそうだ。

そんな美澄を想像すると、心が硫酸にでも漬け込まれたように、苦しくなった。

美澄が副反応の夜を迎える土曜の夕方に、病室に会いに行った。

丸イスに座った俺に、美澄はベッドに横たえた身体をこちらに向けて、言う。

「死ぬまでに会いたい人とか……。人生の最期に一目会いたいとか……。そういうの、あるじゃない？」

「ああ、疎遠になってしまった昔の友人とかか」

「私ね。そういう人いないの。……代わりに、人生の最期に会いたくない人なら……、ひとりだけいて」

「誰だよその栄えあるキングオブ嫌われ者は？」

身体を横向きにしたまま、美澄は枕と顔の間に挟んでいた方の手を抜くと、こっちに小さく指を差した。

「石田くん」

それはどういうわけか、美澄史上最強に可愛い声で発せられた「石田くん」だった。

俺は努めて軽い調子で答えた。

「俺の嫌われよう凄えな」

「……バカ」

そう呟いた美澄は寝返りを打って、俺に背中を向けた。

「……ちょっと、休みたいわ……」

美澄の顔は見えない。その長い髪が――銀色になっていく。

点滴に繋がれた白く細い腕に「じゃあな」と言った。

※　※

夜の副院長室。

相も変わらず、俺と龍之介がいた。

互いに黙々と論文のプリントアウトを確認していく。

読むことに集中するとき、俺は自然と猫背になるらしい。

自分の身体がブリキ製になったみたいな鈍い疲労感を、背中や腰、肩に常時抱えるようになっていた。別にいい。蒼化症の症状におまけのプラスアルファだ。

この頃は眠っていても、医学論文を読む夢を見た。

ほのかや美澄がいなくなってしまった世界の夢を見てしまわないだけ、遙かにマシだった。

それは──突然だった。

その夜も眠りが意識を刈り取っていくまで、俺はもう第二の母国語みたいに慣れ親しんだアルファベットの羅列に目を通していた。

空調の音しか聞こえない副院長室で、

「──あれ？」

重厚な机の向こうで、龍之介が声を漏らした。

応接セットのソファーで、猫背の読み込み作業に当たっていた俺は顔を上げた。

「どうした？」

「……………気になる、薬がある……」

龍之介のそばに移動した。

俺も目を通す。

免疫不全疾患の臨床研究に関する論文のようだ。

ある薬を投与直後、重度の副作用が現れた。

だが副作用が現れなかった数％の症例には、免疫数値の著しい正常化が見られたとのこと。

一見、蒼化症には関係ないようにも思えるが……。

その正常化が見られた数％の症例において、ある遺伝的体質の患者に限っては、百％の数値回復が見られたというのだ。

その、ある患者というのが。

銀髪の免疫不全患者の場合だ。

読み終えた俺は言う。

「この銀髪の患者というのは。後天的に銀髪になった患者なのかな？」

「そこまでは記されてないが。そうっぽいな。予後経過に、髪色が戻ったって記述があったし」

俺は我慢できなくなって言う。

「もうダメ元でもなんでもいい、この薬は試してみようぜ」

「……この薬は、確かに少し期待できるかもしれない……」

言葉とは裏腹に、サラサラの銀色の髪の下、龍之介の顔は曇っていた。

俺は言う。

「未承認なのか？」

国内未承認薬の場合、使用することを禁止されてはいない。

ただ保険が適用されないため、全額自己負担、医療費がべらぼうにかかることになる。

「未承認だが、お金のことなんて気にしなくていい。この薬は、これまで何ヶ月もベスポジと論文のにらめっこを続けて、やっと見つけた小さな可能性だ」

「なら一日でも早くほのかに使ってやろうぜ！」

この日もほのかは体調が優れず、命短し恋せよ男女の次の企画の打ち合わせは、見送られていた。

真夜中の副院長室で、

「……ボクは……怖いんだよ……」

その声は、弱り切っていた。

「この薬は、効果なんて何もない可能性も高い。効果がないだけならまだいいさ。だが効果のなかった症例には、重度の副作用が現れたって書いてある。ボクがこんな薬を見つけたばっかりに、ほのか様の最期がよりツラいものになったりでもしたら。……ボクは自分を許せないよ……」

「龍之介……？」

ほのかのことに対してはいつも前向きの龍之介が、口にした不安だった。

悔しそうに拳を握ってる。

「くそっ！　ボクも蒼化症患者だったら、この身体を実験台にできたのに！」

「………………え？」

今、龍之介はなんつった？

ボクも蒼化症患者だったら？

俺はおかしな顔をしていたんだろう。

なにか察した龍之介が、おずおずと言う。

「……もしかして、もしかしてだけど」

「ああ」

「………ボクって、蒼化症患者なの？」

「あ、うん」

どういうことだ⁉

俺が龍之介を蒼化症患者だと聞かされたのは、龍之介母である和千代さんからだ。

残された命の長さについて、龍之介本人は知らないとも、そのときに聞いていた。

確かに龍之介本人の口からは、自分が蒼化症であると聞いたことはなかったかも。

でも、どう考えたってそこは気付くだろ！

なにをかくそう龍之介は、蒼化症の治療法を見つけるために、海外から医学論文を取り寄せて読んでいるのだ。日夜、蒼化症のことを考えているこの男が、自分の病気に気付いていないって。んな馬鹿な！

俺はいの一番で気になったことを訊く。

「龍之介は、週に一度、身体的にツラい夜はなかったのか？」

「もちろんあったさ。水曜日の夜だ！　全身の怠さ、胸痛、寒気もあったなー」

「それバリバリ副反応の夜じゃないか！」

「だ、だって水曜日は、この瞬間ほのか様は苦しい夜を過ごしているんだと思ったら。それでボクの体調も悪くなってるんだと普通思うじゃないかよう」

「…………」

なんてこったい。

そういえば、水曜日の夜に副院長室に来たことはなかったかもしれない。

最近に至ってはずっと、水曜日は夜通し、ほのかの病室で俺は湯たんぽだったわけだしな。

言葉を失う俺に、龍之介は言う。

「昔読んだ医学論文にも書いてあったぞ。目の前でゲボ吐いている人がいたら、なんともなかったこっちまで気持ち悪くなってゲボ吐いちゃうケースがあるって」

「医学論文読まなくても、もらいゲロはあるだろうよ」

副反応の夜なら、髪の毛の色に変化があっただろ、と言いたくなったが。

龍之介の髪は、出会ったときから銀髪だった。

「なあ、龍之介よ。今更聞くんだが、なんでずっと銀髪に染めているんだ？」

「そんなの、副反応の夜に銀髪になるほのか様の気持ちを少しでも理解するために決まってるじゃないか！」

「だよな」

全く信じられないやつだ。

こんなに他人の身体を思いやれるのに、自分の身体を顧みないやつがいるんだろうか。

「よっしゃ！　ボクが蒼化症患者だとわかれば話は簡単だ！　この気になる薬をお金の力で大至急取り寄せ、ボクの身体を実験台にしよう！　蒼化症に効果があるかはすぐにはわからなくても、副作用が出るかどうかは接種して一日もすればわかるはずだ」

「あははははっ」

「ベスポジ、なぜ笑ってる？」

「いや、だってよ」

龍之介よ。お前は自分が明日をも知れない病に侵されているとわかった直後なんだぞ。なのに、よっしゃ！　って。実験台になれることを喜ぶなんてな。

「なあ龍之介」

「なんだ？」

「俺の身体も、実験台として使ってやってくれ」

「い、いいのか？　どんな副作用が出るかわかんないんだぞう」

「副作用チェックのサンプルは多いほうがいいだろ。実験台は一より二のほうが望ましい。そんな相場格言はないのか？」

「相場の世界で実験台はマズいよ。……そうか、うん。じゃあモルモットB、じゃなくてベスポジよろしく頼む！」

「こちらこそよろしく」

真夜中の副院長室で、握手する俺と龍之介だった。

「……副作用、起きないでほしいな」

龍之介は、しみじみと言う。

「そうだな」

「ほのか様と美澄嬢に安心して薬を使ってほしいな」

「そうだな」

「……奇蹟……、起きてほしいな……」

龍之介のその声に、涙が滲んでいた。

もらいゲロじゃなく、もらい泣きしそうだった。

目元を腕で拭う龍之介に、俺は言う。

「……俺とほのかと美澄さんと龍之介は、花の山に辿り着くさ」

「花の山？　どこの山だよう」

龍之介はどこの花の山か察したようだ。

「……『人の行く裏に道あり花の山』か」

「ああ」

俺たちは、病気さえしていなかったら、みんなと同じように学校に通えていたはずだった。同じ時代に同じ国に生まれた同じ世代のみんなとは、違う道を歩まなくてはいけない人生になった四人だった。

そんな道の先に、いいことがあってほしい。

「ベスポジよ、いい感じのことを言ってのけた感を出しているところ悪いが。意味が微妙に違くないか。別にボク達は、誰も行かないような道に、勇気を出して好んで踏み出したわけじゃないぞ？」

確かに、誰も行かないような道に好んで分け入ったわけじゃないよな。

でも、そこで途方に暮れて、足踏みしてたわけじゃない。

勇気を出して踏み出していたよ。

だから。

わずかでも可能性がありそうな未承認薬にたどり着けて、俺は希望を胸にモルモットBになれるわけだしさ。

※　※

奇蹟は、俺の人生に突然やってきた。

いや、それは突然ではなく、龍之介がほのかの病気を治したいと願った日から、奇蹟への一歩は始まっていたんだ。

事態の急変は、実験台になった俺と龍之介が投与後に行った精密検査の結果だった。

今までにない治癒効果が見られたのだ。

医師の驚きようといったらなく、興奮していた。だが、俺と龍之介は冷静で、まだ喜ぶのを控えていた。

俺や龍之介よりも、全身性免疫蒼化症が進行している美澄、そして容態がより切迫しているほのかにも、効果が確認できるまでは喜んでなんかいられない。

初期や中期では効果のあった治療が、末期段階では効果が見られなかった、そんな病気の症例はいくらだってあるだろう。

ほのか。美澄。

ほのか様。美澄嬢。

俺と龍之介は、夜の検査室前の通路のベンチにいた。投与後のほのかと美澄の精密検査の結果を、いち早く聞きたくて待っていたのだ。

不安で潰れそうな心を抱えて、非常灯だけが灯る通路にどれだけいただろうか。

不意に、検査室の扉が開かれ、視界に洪水のような光が溢れてくる。

光を背にした刈谷さんの声が、どこか意識の遠くから聞こえてくる。

悪化の一途をたどっていた数値に改善が見られた。副作用は出ていない。龍と石田好位置が見つけた薬は、ほのかと美澄にも功を奏したぞ。

（ああ、ああああ――――）

俺は、安堵感に全身を丸のみにされた。

その安堵たるや、あまりにも強烈で、

（……俺は、俺たちはどこから来て、どこに行けるんだろう……）

そんな謎の漂流感をともなうほどだった。

ほのかと美澄が助かる！　安堵が止まらない俺の横で、龍之介は「――――！」声にならない叫びを上げ、いつのまに受け取ったのか検査結果が印字されたペラ一枚の紙を天に掲げ、家宝にする勢いで喜んでいた。その龍之介のそばで、見知らぬ女性が干からびるほど泣いていた。それは涙を零しすぎて、メイクが急速に剝げた刈谷さんだった。

「よかったな！　よかったな！　よかったよ！　ああ、よかったよ！　――こうしちゃいられないな！」

俺と龍之介と刈谷さんは大至急、ほのかと美澄にこの結果を伝えに向かった。

夜間のため停止しているエレベーターの横の階段を駆け上がる三人。病院の階段を二段飛ばしで上がるやつらは、そうはいないだろう。

明かりの点いたほのかの病室で、朝から精密検査をこなした二人は仲良く同じベッドに身体を横たえ、スマホから命短し恋せよ男女のアーカイブを流していた。

刈谷さんから検査結果を聞くと、ほのかが言った。

「……わたし、まだ死ななくていいの……？」

俺と龍之介は頷いた。二人して何度も力強く頷いた。

ほのかの顔に、雪解けのような微笑みが拡がった。

そのほのかの隣では、普段は全く泣かない美澄が涙を浮かべていた。

「のかちゃん。のかちゃん！」「みすみー。みすみー！」

二人は互いの名前を呼びながら、涙しながら抱きしめあう。刈谷さんはベッドにダイブし、ハグに加わる。

俺と龍之介は、喜びで抱き合う女性陣を眺めた。

龍之介と目があうと、し慣れていないハイタッチをした。

俺たち四人に揃って、治療効果が見られたなんて……。

本当に、これはありえない奇蹟だと、思った。

でもそもそも、14歳で余命宣告を受けること自体がありえない運命だと、思っていたんだから。

この世界に、ありえないことなんてないのかもしれない。

俺は一人でいるとき、この奇蹟を思いだすたび、しゃっくりのように突然ガッツポーズを取るやつになった。奇蹟の副反応。

開始14分で強制退場させられるはずだった、人生という名のバイキング会場に、居ていいことになった。

「好位置クン、来年は高校生だね、勉強しなきゃだね」

高校生？　医師のその陽気な声を、ずいぶん不思議な心地で聞いた。

（そっか。俺は、学校生活に戻れるのか……）

週に一度の副反応の夜もなくなり、余命宣告も撤回された。身体の状態は良好といってよかったが、薬物治療（奇蹟の薬は、点滴でしか投与できない）と経過観察のため、退院はまだまだ先だった。

そして。

右を見ても左を見ても、教科書か参考書か問題集が目に入る入院生活が始まった。

小六の冬休み明けから学校に通えていなかった美澄は、同学年から遅れを取った二年分以上の勉強を取り戻す日々に四苦八苦のようだった。

「……もぅ、熱が出てきそ。内科でお薬もらってこようかしら」

「知恵熱だろ。売店で冷えピタ買ってきてやろうか」

俺がそう言うと、美澄は「冷えピタいいわね！」と本気でご所望してきた。

それ以降、額に冷えピタを貼っている美澄をよく見るようになった。クールビューティーに磨きがかかってるね。そんな冗談でからかったりした。

小学校からそもそも通えていなかったほのかは、遅れを取り戻すという感覚より、もう学ぶことそのものを楽しんでいた。

ほのかの脳は厚手のキッチンペーパーみたいに、学校のお勉強をどんどん吸収していった。

先月に九九を口ずさんでいた子が、今月は因数分解をしているんだ。

海外論文を読む月日を過ごした俺と龍之介は、英語は楽勝だと思っていたが。医学論文に出てくる単語や文法というのは独特すぎて、論文読みの経験は受験英語にはそこまでアドバンテージにならなかった。


四人で同じ高校を受験する。

それはいつのまにか決定事項になっていた目標だった。

高校ならどこでもいいわけではなかった。

目標に定めたのは、学習塾のガラスに「本年度〇〇名合格！」と誇らしげに掲げられがちな地元の進学校だった。

なぜその学校を目指すことになったのか？

きっかけは龍之介の母・和千代さんから聞かされた妻夫木家の家訓によるものだった。

家訓で、進学の許された高校が決められていたのだ。龍之介が言う。

「学校が離ればなれになってもさ、高校でもボクと遊んでやってく――」

離ればなれになる気がなかった俺とほのかと美澄が、龍之介にみなまで言わせなかった。

そして、当たり前のように俺たちも龍之介と同じ学校を目指すことになった。

そのことを知った和千代さんは感極まって、目元に涙を滲ませた。

「闘病という大変な苦難を一緒に乗り越えたみんなが、これからは受験も一緒に乗り越えようとしているなんて……！」

妻夫木家が俺たちの受験勉強の、サポートをしてくれるようになったのだ。

サポートとは、夜食の差し入れとかだろうか？

それどころではないことは、副院長室に運び込まれた高気圧高濃度酸素カプセルを見て、知ることとなった。おかげで、勉強の合間の効率の良い仮眠と、短時間でのリフレッシュを可能にした。龍之介は、ほのかの使った直後のカプセルだと緊張して仮眠できないと言っていたのは、愉快な思い出。

独学で取り組む俺たちに、和千代さんは妻夫木家のレジェンド教育係を雪幌病院に招き、副院長室で俺たち四人のために授業も行われた。

聞く脳と書く脳は別物らしい。なので授業を聞くときは、一切ノートを取らず、先生の話を聞くことに集中する。授業が終わってから、内容を思い出しつつノートを取ることで、知識は頭に定着しやすくなるそうだ。本当にそうだった！

朝から晩まで勉強していると、ブドウ糖を都度取っていても、頭の芯がヘロヘロになって。

明日も朝からまた勉強の一日が繰り返されることを思って、しんどく感じる夜もあった。

だがそんなときは、あの副反応の夜に襲われていた頃に比べれば、全然しんどくないだろうと、自分に言い聞かせた。

周りをみれば、この病院で出会った頃は、死に向かっていくしかなかったみんなが、今は目標に向かっている姿があった。

これでやる気が湧いてこなきゃ、嘘だ。

北海道の短い夏も、秋の頃も、そして冬も。

俺たちは励まし合いながら、息抜きの時間には笑い合いながら、勉強を続けたんだ。

『もしも妻夫木龍之介がピンチのときは、無理をしてでも助けに行くよ』

それはある日の息抜きの時間。雑談の中で生まれた約束だった。

龍之介が始めた医学論文読みによって、命を助けてもらったと大感謝している俺とほのかと美澄は、お礼を言うだけでは気が済んでなかった。だから、命の恩人である龍之介が困っているときには、助けにいくよと誓ったのだった。

龍之介は、なにか言いたげだったが、とっても嬉しそうにしていた。

このときなにを言いたかったのか、後日、二人きりのときに俺は聞いた。

「ボクはただ、ほのか様の病気を治したかっただけだ。ほのか様がいなかったら。ボクは医学論文なんて取り寄せてもいないよ。だから、ボクの蒼化症を治してくれたのは、ほのか様なんだ。命の恩人なんだ」

「それ、いつか本人に言うんだよな？」

「ほ、ほのか様にこんなことを言ったら、好きですと告白しているようなもんじゃないか⁉」

「いつかは、告白するんだろ」

「高校に行ってからだ。今は受験勉強に集中だ。もし今、ほのか様と両想いになれても、ほのか様にはっきりフラれても、ボクは勉強なんて手につかなくなる自信がある」

完全なる同感だ。俺も受験期間中は、人間関係で変化なんて起きないでほしい。

高校に行ってからの恋愛を夢見ていたはずの龍之介が。

「高校に行ったら、ほのか様に告白なんてしていい資格を剝奪されそうだよう」

ある日、そう嘆いていた。

「資格ってなんだよ？　そういえばさっき和千代さんから、来てたんだよな？　俺、マグロのお礼を言いたかったんだが」

昨晩、雪幌病院でマグロの解体ショーが行われた。受験生である俺たちの頭に、ＤＨＡをという名目で、和千代さんの差し入れの一環だった。病院食では生魚は出ないのだが、特例で全患者と医療従事者に振る舞われた。

「もう帰ったけど。さっきまで妻夫木夫妻がいたよ」と龍之介。

「夫妻って。龍之介の親父さんも来てたのか。ってか、前から思ってたんだが。自分の両親のことを妻夫木夫妻って呼ぶの、ちょっと世にも珍しいよな」

「まあ、一般的な感覚ではそうなんだろうが。妻夫木家の家訓で決まってるんだ。父さん母さんだのパパママだの呼ぶべからず、両親のことをまとめて呼ぶときは、妻夫木の家を重んじるために『夫妻』と呼ぶべしって」

「他人様の家のルールに口出しするのは、非常に憚られるが。すまん言わせてくれ、類を見ない家訓だな」

「ベスポジの言うとおりだ。我が家は類を見ない家訓だらけなんだ。さっきも妻夫木夫妻から、初耳の家訓を聞いたんだ」

　龍之介は、深いため息をついて続けた。

「妻夫木家では、家督を継ぐ者は同じ苦難を乗り越えた者を生涯の伴侶とするべしという家訓があるんだよ。妻夫木家の家督を継ぐ者は、高校入学を機に、生涯の伴侶を見つけ始めないといけない。ここまでは小さなときから知っていたよ。でも具体的には知らなかった。こっからはさっき初めて聞いたんだが、家督を継ぐ者はその高校入学時に、家が決めた許嫁候補たちと、一人ずつ一定期間同居生活をして、候補を絞っていかないといけないそうだ」

「お、おう。なんかすごいな」

　理解の及ばない世界の話で、俺は馬鹿みたいな相槌しかできなかった。許嫁候補たちと同居生活って。龍之介は、ラブコメラノベの主人公みたいなやつだな。その場合、俺は主人公の隣にいる男キャラか。カラー口絵の隅に描いてもらえていても、モノクロ挿絵には出てこなさげのキャラだな。

龍之介は言う。

「退院できる日は楽しみだったけど。退院してから、そんな生活が待っているかと思ったら、気が重いよう。どこの誰ともしれない許嫁候補と取っ替え引っ替えして暮らしている男が、ほのか様に告白なんてしていいわけないよ」

「資格を剝奪って、そういうことか。龍之介も大変だな」

俺も退院後の生活には、一抹の不安を持っていた。

俺が長期入院している間に、美魔女の母ちゃんと二人暮らしの我が実家は、美を追求する女たちの強化合宿所・石田家になっているそうなのだ。

なんでも、美魔女の母ちゃんの仲間（ビキニフィットネスアスリートやモデルも）が、大会前の食事制限の厳しいときに、誘惑に打ち勝つために石田家で共同生活をしているとのこと。

そして女性の美を競う大会は、年中どこかしこでやっているから、誰かしら母ちゃんの仲間が入り浸っているらしい。

しかも石田家では、自分のスタイルを絶えず意識できるように、女性達は常に身体のラインがわかる半裸でいるそうだ。

退院後の我が家に、俺の居場所はあるんだろうか。

自分の退院後の生活より、心配になったのは、ほのかのことだった。

両親のいないほのかは、退院後、札幌の親戚の家にいくことが決まっていた。

その話をほのかから初めて聞いたとき、ほのかは決して悲しげに伝えてきたわけではなかったが、俺は不安に駆られた。

だって、札幌市内に親戚がいたのに。一度もほのかの見舞いに来ているのを見たことなんてなかったから。

そんな親戚の家で、ほのかは本当に楽しく暮らせるのだろうか。ちゃんと歓迎してもらえるんだろうか。

15歳の無力な俺には、どうしようもない現実の問題だった。

どうしようもない現実は、ほのかだけでなく、美澄にもあった。

その日、美澄の病室で、俺たちが目指す高校とは違う、帯広の高校のパンフを見つけた。俺は言う。

「帯広の学校も受験するのか？」

茜色の夕日が差し込む病室で、美澄は教えてくれた。

蒼化症になってから、両親が離婚していたこと。美澄の病気の治療法でもめたことが、離婚の決定打になったこと。退院したら、お父さんと暮らす予定だったということ。

「暮らす予定だった？」

「うん。私の治療費とか、お母さんが離婚前に作った借金とか、それに高校進学にかかるお金とか。そういうのがあるから、お父さん、実入りのいい夜勤の仕事に転職してて」

美澄は、小さく下唇を噛むような仕草を見せた。

「お父さんは、夜に私を家に一人にしてしまうことを心配してたわ。私は子供じゃないんだし、お留守番なんて平気なんだけど。お父さんはイヤみたい。私が、ほかに誰もいない家で一人倒れているイメージが浮かんじゃうみたいで」

「美澄さんのお父さんの気持ち、なんかわかる気がするよ」

「病気でさんざん親不孝してきた娘だから、もう心配かけたくないよね。それで最近、帯広のおじいちゃんおばあちゃんちで暮らすのはどうかって話が出てて」

「札幌から帯広か。遠いな」

「JRで三時間弱くらいかな」

帯広に暮らしながら、札幌の学校に通うなんて到底無理な話だな。

その言葉は口にしないで飲み込んだ。無理に飲み込んだせいで、ほかになにも言えなくなった。

黙り込んでしまった俺に、美澄は取り繕うように言う。

「でも、まだ帯広に行くって決まったわけじゃないから。札幌の学校の受験は、全力でやるよ。のかちゃんと龍くんには、この話はしないでおいてね」

※　※

命短し恋せよ男女メンバー四人に同じ高校の合格通知が来て、全身性免疫蒼化症の治療が終了した。

退院予定日が確定し、これからは長期フォローアップ（経過観察）に移行する。

治療の効果確認と再発時の早期発見を主な目的として、定期的に通院する必要があるが、普通の生活に戻っていいらしい。

楽しいことも頑張ったこともツラかったことも、すべてが詰まっていた入院生活が終わり、高校生活が始まろうとしている。

さあ、なにが起こるんだろう、か。

ひたすら明るい未来を暗示でもするように、桜でも咲いてくれればいいのだが。

ここは北海道の札幌。三月下旬のこの時期では、当たり前に降る雪に見舞われていて。

まだ見えないけれど。肌で感じられないけれど。

春はきっと、もうすぐそこにある。長い冬を越えて——。

# 第一章

最後の検査入院の退院日。

俺は昼過ぎの外来待合のベンチで、母ちゃんのお迎えを待っていると。

スマホが鳴った。美澄から、命短し恋せよ男女のＬＩＮＥグループにメッセージが送られてきていた。

『今夜のパーティーの前に、四人で集まれないかな。みんなに伝えておきたい、大事な話があります』

大事な話がありますという苦い思い出を呼び覚ます文字列から目をそらし、楽しい予定である「今夜のパーティー」のことを考える。

それは闘病生活で苦楽を共にし、今日ついに退院を迎えた四人のために。

龍之介のお母さんの和千代さんが用意してくれた退院祝い＆合格祝いのことだ。

お世話になった雪幌病院の先生や看護師さんも、参加してもらう予定だった。

「おっ、石田好位置、ちょうど探してたぜ」

いつも以上に動きに俊敏さを感じさせる刈谷さんが、キビキビやってきた。

ベンチの俺は言う。

「なんか、お忙しそうですね」

「今晩はパーティーもあるし。午後もモリモリ働いて、昼飯の豚丼とマルセイバターサンドを消化させねえといけないからな」

「なんですか、その昼飯。帯広グルメですね」

「美澄の祖父母さんが、孫が大変お世話になりましたって。ナースステーションに、駅弁の豚丼と六花亭のお菓子をどっさりよ。気前がいいよな」

美澄は、お父さんとおじいちゃんおばあちゃんのお迎えで、さっき退院していった。

「気前がいいといえば、今夜のパーティーはシティホテルの展望フロアを貸し切って行うらしいぜ。さすが龍のお袋さんだな。あーしは一張羅のスカジャンで行っかな」

「……ところで刈谷さん、その手に持っているのは、お菓子のカンカンですか？」

「おっと、これを渡したくて、石田好位置を探してたんだった」

刈谷さんが手に持っていたそれが、「ほい」と差し出される。

クッキーでも入っていそうな長方形の浅いスチール缶だ。

「え、あ。退院祝いですか？　もらっちゃっていいんですか？」

「いいよいいよ。あーしからじゃなく、石田好位置に渡してくれって預かったものだから」

「預かった？」

「あー、一年くらい前かな」

「一年前!?　賞味期限大丈夫ですか？」

「手紙に賞味期限もなにもないだろ」

「手紙？」

俺はスチール缶を受け取った。ものすごく軽い。

「このカンカンを、刈谷さんは一年前から預かってたんですか？」

「ちげーよ。そのカンカンはあーしが手紙の保管ケースに使っただけだ」

「保管ケース？」

「手紙を裸で持ち歩いたりしたら、角とか折れちゃうだろ。ってかカンカンはどうでもいいよ。中身だよ、中身」

俺は、よくわからない事態に緊張しつつ、蓋を開けた。

『石田好位置さまへ』

綺麗な字でそう書かれた、淡い水色の封筒が入っていた。

「美澄から預かってたんだ。自分が病院からいなくなることがあったら、これを石田くんに渡してくださいって」

「……美澄さんが。えっとそれが、一年くらい前のことですか？」

「そうだな。去年の三月だ。龍と石田好位置があの奇蹟の未承認薬を見つけるちょっと前。美澄が体調を崩していた頃か。まあそんくらいだ」

美澄が、俺に手紙を書いていたなんて、全く知らなかった。刈谷さんが言う。

「病院からいなくなることってのは、つまり退院だろ。だから今、あーしがこれを石田好位置に渡しにきたってわけよ」

刈谷さんと別れて、俺は外来待合のベンチに再び、ひとりになった。

託された手紙を、開いた。

※　※

石田好位置さまへ

きみがこれを読んでいるということは、私はもうこの世にいないんだね。

石田くんは優しいから、私の人生を憐れんでくれたりしてるのかな。

でも、これだけは伝えさせて。

近松美澄の人生はね。

きみがいてくれたおかげで、とても幸せだったんだよ。


アサガオのこと覚えてますか？

小学五年生。教室後方に並び連なった鉢。

同じ土、同じペースの水やりなのに。

石田くんと私のアサガオだけ生育が良すぎで。

気付いたときには、隣同士だった私達のアサガオの蔓は絡まりあってて。

クラスの子に冷やかされたよね。

ベスポジと天使（こんなあだ名で呼ばれていたなんて小学生の時の私にビックリ）のアサガオが抱き合ってる。ヘンタイだ。えっちだ。


ねえ、覚えてるかな？

誰かが、私達のアサガオをむりやり引き離そうとしたときのこと。

きみはね、言ったの。

「仲良しにしてる植物にナニしやがんだ！」って。

あのとき私は、まだちゃんと話したことのなかったきみと。

仲良しになりたいって、そう思ったんだ。

どこまで行けるか歩いた豊平川の河川敷。
暑いくらい暖房が効いた冬の部屋でわけっこしたガリガリ君。
図書館で並んでした宿題。
きみになかなか勝てない『好き好きごっこ』
夕暮れの中島公園でシャボン玉飛ばした。
二人だけの雪合戦。
きみとの思い出は、いろいろありすぎて。
あれも忘れられないな。
席替えで一度だけ隣になれた一か月半。
みんなに隠れて肘をくっつけあって、授業を受けてたこと。
私、左利きでよかったって心から思ったよ。
右利きのきみと肘をくっつけ合えたから。
今でもあの頃の幸せな私のことを思い出すと。
きみに触れてた右肘のように、心がジンワリして、少し泣きたくなります。

六年生の私は、自分が助からない病気だってわかって。
きみと別れないとって思ったの。
なんで病気になったら別れなきゃいけないんだ。そう言うきみの姿が目に浮かぶ。
そんな優しいきみだから。
病気の私をいつまでも見捨てられないんじゃないかって、思ったんだ。
私の人生は　光の差さない穴の底に行く。
私は穴の底に落ちていくまえの、光に包まれていた記憶があるから大丈夫。
穴の底に落ちていく私の姿を、きみには見てほしくなかったの。

でもね。
別れるためとはいえ、嫌いになりましたなんて、嘘でもきみに言える自信がなかった。
だから、愛想を尽かしてもらおうと思った。
ワガママで口の悪い子。
これなら嫌われるって。
天使と呼んでた子達は、私の変わりように距離を置くようになっていった。
でも、きみは変わらなかった。
きみはきみのままだった。

それなのに、なにも言わず姿を消してごめんなさい。

優しいきみを、きっと傷つけてしまったね。


雪幌病院で再会したとき。

ものすごく驚いたよ、もう会えないと思っていたから。

震えるほど嬉しかったけど、それ以上に悲しかったな。

きみも同じ病魔に蝕まれているとわかったから。

穴の底での再会だったから。


せっかく再会できたのに。

きみのこと、人生の最期に会いたくない人って言って、ごめんね。

私ね、六年生のときに学校を離れて、入院するようになってから。

二つのことを頑張っていたの。

一つは、
娘の生きた証を残したがっていたお父さんの望みに、応えるために始めたVTuber活動。

もう一つは、
死の運命を受け入れる準備。

雪まつりの観覧車で聞いてもらったこと覚えてる？
人生という名のバイキング会場で、まだお腹減っているのに退場させられるって話。
「学校」や「仕事」ってご馳走は、美味しそうに見えるけど実はまずくて。
しかも食中毒を引き起こすかも。食べないで退場させられる私はラッキー。
そう、うまく思えるようになっていたの。
私は私なりに、死の運命を受け入れる準備を進めていた。
でもきみと再会して、人から言われた。
私、よく笑っているって。
それで気付いたの。私、前の病院ではずっと笑わないで過ごしていたって。
でもきみといると、おしゃべりしてるだけなのに、楽しくて笑っちゃう。
死の運命を受け入れていたはずなのに。

きみといると、生きていたくなるんだもの。
一緒に笑って生きていたくなる。
死ぬことがずっとずっと怖くなってしまう。
だからきみは、人生の最期に会いたくない人。

のかちゃんとの結婚式、素敵だった。
きみのそばに、私みたいな素直じゃないひねくれた女じゃなく。
素直で可愛いのかちゃんみたいな子がいることが、嬉しい。
私は弱い人間で、死は怖すぎるもので。
死を受け入れやすくするために、この世界は素敵じゃないものだって、
力ずくで思うことにした。
でも、のかちゃんは、
命ある限り、前向きにこの世界の素敵なことをしようとしてる。本当に強い人。
そんな強い人が、病気のきみのそばにいて、きみの人生を彩ってくれていることが、
ちょっぴり嫉妬もあるけど、堪らなく嬉しいの。

長い手紙になっちゃった。
自分でも、なんできみに手紙を書きたくなったのか。
ここまで書いて、やっとわかった気がする。
死がもうそこまで見えるようになってきて。
私はきみに対して、素直になりたかったんだと思う。
いつも素直になれなかった私だけど、最期くらい素直な女の子に。

ねえ、お願い。
生まれ変わったら、素直な子になるから。
また私とお付き合いしてください。
小学生のときからずっと大好きなままだったよ、好ちゃん。
ありがとう。さよなら。

※　※

「…………」
手紙をゆっくりと閉じて、お菓子のカンカンに仕舞う。
外来待合のベンチに座り、うつむいた俺。
膝の上に置いたカンカンの上に、水滴が零れ落ちた。
（……なんで泣いてんだよ俺……）
一年前の手紙には、死を意識した14歳の美澄の心が確かにあって。
それが今の俺の心をどうしようもなくかき乱していた。
美澄は生きているのに、今もいるのに。

彼女にもう会えないような、そんな錯覚を心が起こして、泣いたのだろうか？

（いや、これは錯覚ではない……）

俺はスマホを取り出し、ＬＩＮＥを開いた。

『今夜のパーティーの前に、四人で集まれないかな。みんなに伝えておきたい、大事な話があります』

大事な話があります……。

小六の二学期の終業式の日。

美澄から突絶の別れ話を告げられたときも、俺は「大事な話があります」と呼び出されていたよな。

退院後、美澄は帯広に行くのかどうかは聞けていなかった。こちらから聞くこともできていなかった。

美澄は先月、帯広の学校の受験をしに行っていたようだし。

今日は、帯広からおじいちゃんとおばあちゃんが会いにきている。

美澄はそのまま祖父母と一緒に、帯広で新生活を始める——。

そのことを俺とほのかと龍之介に、今夜のパーティー前に伝えようとしてるんじゃないのか。

むしろこのタイミングで大事な話がありますなんて、ほかには全く思いつかない。

（…………）

たとえ美澄が帯広に行っても、もちろん生きているんだから。会おうと思えば、会える。

だけど、会おうと思えば会えるといっても、札幌と帯広だ。道のりで２００㎞ぐらいある。

経過観察で雪幌病院に、美澄が通院してきたときに会えたり、夏休みや冬休みにこちらからみんなで帯広に行く。

それだけ会えれば、十分なのか？

俺たちは、同じ病院で長期入院していた。毎日のように当たり前に一緒の時間を過ごしていたのに。

それだけしか会えなくなるのか？

四月になれば、俺とほのかと龍之介と美澄は、きっと高校でいろんなものと出会う。

入院生活とは全然違う日々は忙しくて、手いっぱいになるかもしれない。

遠く離れても、初めのうちは連絡をちょくちょく取りあうだろう。

でも学校も違うわけだし、新生活で出会った人のことを、共通の話題のように話せなくて。

だから、入院生活の日々を懐かしく語ったりする。でも、思い出話にだけ耽ってばかりはいられない。余命宣告を取り消された高校生の俺たちは、未来を見て生きているはずだから。

やがて思い出話ばかりの連絡は、ご無沙汰気味になっていくだろう。

そして、同じ学校に進んだ俺とほのかと龍之介の共通の思い出が増えていき、その場所に美澄だけがいないんだ。

（…………）

自分が、手紙を読んで、泣いてしまった意味がわかった気がした。

退院したら、美澄とは離ればなれになってしまうかもしれないこと。

夕方の病室で、帯広で暮らす可能性の話を聞いたときから、それを必死に考えないようにしていた。

先月、美澄が帯広の学校に受験に行っていると気づいたときも、上手に考えないようにできていた。

今日、美澄からの「大事な話があります」のメッセージを見てもまだ、考えないように耐えていた。

でも手紙を読んでいたら、もう、全然、無理だった。

考えてしまった。俺たちのそばに美澄がいない未来を。

それはきっと、とてもとても寂しいことだと思えて。

涙が出てしまったんだ。

※　※

今すぐ美澄に会いたい。

俺は連絡を取った。美澄は、雪幌病院のすぐ向かいのさっぽろテレビ塔の展望台にいるそうだ。おじいちゃんとおばあちゃんに札幌観光をしているそうだ。

『いま会いたい』と伝えた。そっちに行っていいか、と。

会ってなにを話したいのか、自分でもわからなかった。

でも今、会っておかないと後悔するという確信だけがあった。

母ちゃんが退院時の着替えを持ってきてくれる手筈だったので、俺は病衣のままだった。病院の正面玄関の入り口まで行ってみるが。

（さすがにこの格好のまま、テレビ塔はマズいな）

俺は正面玄関の入り口で、不審なそわそわを見せていたんだろう。腹をすかせるためにもせっせと勤労中の刈谷さんが、点滴スタンドを二刀流のように両手に携えた状態で、声をかけてきた。

「石田好位置、どうした？　ゲートが開く前に、イレこんでる牡馬みたいだな」

「刈谷さん、すみません。えっと、その、少しの間、上着を貸してもらえませんか？」

るって顔してるぞ」


「いいぜ。ちょっと待ってな」

「え、事情を聞かないんですか？」

「じゃあ、あとでゆっくり聞かせてくれ。なんか今すぐにでも、行かなきゃいけない場所があるって顔してるぞ」


俺は病衣の上に、虎と桜の刺繍が入ったスカジャンを羽織り、室内履きにしていたクロックスで、さっぽろテレビ塔に向かった。

展望台への一基しかないエレベーターは、団体の観光客で行列になっていた。

逸る気持ちが抑えられない。俺は、展望台までの外階段を選んだ。４５３段という表示が目についたが、気にしなかった。

年単位で運動不足の身体での階段上りは、笑っちゃうほどすぐに息が切れた。

「ゼエ……ゼエ……ゼエ……」

途中にエレベーターホールなんてないから、展望台まで登りきるか、地上に引き返すかの二つに一つだ。

「ゼェゼェ……ゼェゼェ……」

地上に引き返すなんて選択はもちろんない。

　鉄網越しに吹き込んでくる三月の札幌のひんやりした風を感じながら、一心不乱に自分のへばった身体を上へ上へと運び続けていると、スマホが鳴った。

　美澄からのメッセージ。

『今どこ？』

『外階段』と返信。

『階段!?』

『２００段目通過』

　そして。

　展望台に向かっていた俺と、展望台から降りてきてくれた美澄は、３５０段目あたりで巡り合ったんだ。

「今夜の退院祝いパーティーで会えるのに、急に『いま会いたい』とかどういうことって聞くつもりだったけど。その格好はどういうこと？　病衣にスカジャン？」

　俺よりも上の段にいる美澄は、ハイネックの白ニットにチェック柄のスカート、薄手の黒いダウンコートを羽織っていた。病院の外で私服姿の美澄を見ると、本当に退院できたんだなと実感が湧いた。

「なあ、美澄さん」

「なあに？」

帯広に行っちゃうのか？

「………この外階段から見る大通公園も、いい眺めなんだな」

「そうね。展望台から見るのとは違う趣があるわ。展望台に一緒に行く？　おじいちゃんとおばあちゃんに、君を紹介したいし」

美澄のおじいちゃんとおばあちゃんがそばにいては、より聞きづらくなるだろう。
立ち止まってからも、乱れた呼吸はまだ落ち着いてなかった俺は、ゼェゼェと漏れる息と一緒に、気になって仕方ないことを吐き出した。

「美澄さんがＬＩＮＥでくれた。『大事な話があります』って、あれってなんなんだ？」

「え」

注意深く眺めていた美澄の顔に、緊張のようなものが走った。それを見たら、俺の不安はもう心から零れるしかなかった。

「……大事な話って、美澄さんが帯広の学校に通うことになったってこと？」

「…………へ？」

「へ？」

「……えっと、私、みんなと一緒の札幌の学校に通うつもりなんだけど……」

「………」

「君は、私が帯広に行っちゃうんじゃないかと思って、そんな焦って、病衣のまま階段ダッシュしちゃったの？　え、ヤダ、このおっちょこちょいな生き物、とても可愛いわ」

美澄と離ればなれにはならない。

俺とほのかと龍之介と美澄は、同じ学校に通える！

身体は痺れるほど嬉しかったが、この内心の嬉しさを、おっちょこちょいな俺を愛でるように笑っている美澄に、悟らせるのは悔しかった。

だから俺は、わざと不機嫌な声を作って言う。

「そっちが紛らわしいタイミングで『大事な話があります』なんて送ってくるからだろ。ってか、大事な話ってなんだよ？　あ、わかった。パーティーでなんかサプライズを計画したんだろ。で、俺たちは仕掛け人側ってわけか」

そのとき、階段の鉄網を抜ける風が吹いて、俺よりも三段上にいる美澄の髪が美しくなびいた。

入院生活で毎日顔を合わせていたのに、俺を手もなく見とれさせる綺麗な彼女が言った。

「……大事な話っていうのはね。…………私が、龍くんの許嫁になったこと、だよ」

高校に入学してからも、
元 命短い系男女4人の恋は
波乱でいっぱい!?

Coming Soon!

# あとがき

表紙もカラー口絵も、この本の至るところに、超めんこい姿で描いてもらえたほのかと美澄は幸せなキャラクターですね。心からありがとう間明田さん！　ということで比嘉智康です。

あとがきが4ページということで。

さて、なにを綴ろうかしら、と書き始めているわけですが。

実は、今回の小説が誕生し、こうして皆さんのもとに奇蹟的にも届けられた背景には、担当編集M様がいなくてはもう絶対ありえなかったので。M様への、感謝と好きなところを4ページぎっちぎちに書きたいなと思ったのですが。

もしオイラ（比嘉の一人称）が、編集者への謝辞で埋め尽くされた同業者のそれを見たら、「なんかうさんくさいな。そして薄気味悪いあとがきだな」と思いそうなものなので。

あとがきで、オイラが一緒に暮らす大好きな家族への感謝と好きなところをあえて書かないように、担当編集M様への思いは――

比嘉智康の担当編集になってくれて、ありがとうございます！

牛乳だってそのまま飲んだら腹壊す。オイラの小説は編集M様という濾過装置が起動してなかったら、作者自身も腹壊す小説のまま、世に出ることもなかったです。

これからも比嘉をよろしくお願いいたします！

という、とても短い文章で、締めくくりたいと思います。

残りのあとがきは、本編にあるセリフについて触れたいと思います。

超ネタバレになっていますので、本編を未読の方は、以下の文章に目を通されないよう、くれぐれもご注意を！

「……一年後とかに死んじゃったらさ。私たちってきっと、とても可哀想な、一片の汚れもない、お涙頂戴の存在として扱われちゃうだろうね。……でも、そのときにもし、周りの人達から品性下劣な子だったなーって思われたら。なんか面白いと思わない？」

（近松美澄）

オイラにとって「命短し恋せよ男女」は楽しい多角関係ラブコメを描きたいと始まった物語でしたが。お涙頂戴で死んでしまうはずだった存在のその後を描きたい、そんな物語でもあるんだなと、美澄のこのセリフで気付かせてもらいました。

二巻は、高校入学編になります。

一巻では、ずっと病院暮らしだった好位置、ほのか、美澄、龍之介が、ついに高校に。

これは明るくて賑やかな方向に、物語が力強く進んでいきます（言い切った）！

一巻では、闘病と受験を頑張って乗り越えた四人なので。

二巻では、ただただ、楽しいぬるま湯のような学校生活を送らせてあげたいなぁ。

でも、やっぱりなにかが起こるかな。

誰かのことを好きになった十代の男女の青春は、楽しいだけでは過ぎていかないのかも。

たとえば、クライマックスで、恋愛バトルの火種が生まれたりとか。

なにせ、美澄とほのかには、感情を加速させてしまうトリガーみたいな要素があるので。

・好位置が、ほのかの彼氏のフリをしているだけだと知った時。
美澄の場合は、
・一巻クライマックスに登場した手紙を、好位置がすでに読んでいると知った時。
ほのかの場合は、
・美澄の、好位置への想いを知った時。

でも二巻で一番書きたいと思っているのは、甘々なラブコメです。

「命短し恋せよ男女」というタイトルの物語故、明るく賑やかな方向に物語が景気よく突き進めても、隅っこには「死の可能性」が素知らぬ顔で居座っている、そんな油断ならないストーリーになるかと思います。

もし「(誰かの) 死の可能性」が、意識のどこかではチラついてしまう――そんな高校生活を送る男子がいたとして。

その男子がチラつく「死」を、完全に忘れられる時間があるとしたら。

それはもう、死の影を吹き飛ばすような全力の甘々なラブコメにおいて他ならないという考えに、ついに辿り着いたオイラなのでした。

二巻以降を執筆する未来のオイラよ。

死の影を吹き飛ばすような。馬鹿らしくも愛おしい甘々なラブコメを、ワクワクしながら書いてくれ。

親愛なる読者の皆さん。甘々なラブコメを書けと自ら鼓舞する哀れな作者ですが、もし貴方様が奇特な人なら、また比嘉に会ってやってください。

比嘉智康

## ◉比嘉智康著作リスト

## 本書に対するご意見、ご感想をお寄せください。

ファンレターあて先
〒102-8177　東京都千代田区富士見2-13-3
電撃文庫編集部
「比嘉智康先生」係
「間明田先生」係



本書は書き下ろしです。

電撃文庫

# 命短し恋せよ男女

比嘉智康

2023年5月10日　初版発行

発行者　山下直久
発行　株式会社KADOKAWA
〒102-8177　東京都千代田区富士見2-13-3
0570-002-301（ナビダイヤル）
装丁者　荻窪裕司（META＋MANIERA）
印刷　株式会社暁印刷
製本　株式会社暁印刷



●お問い合わせ
https://www.kadokawa.co.jp/（「お問い合わせ」へお進みください）
※内容によっては、お答えできない場合があります。
※サポートは日本国内のみとさせていただきます。
※ Japanese text only

※定価はカバーに表示してあります。


ISBN978-4-04-914936-4　C0193　Printed in Japan

電撃文庫　https://dengekibunko.jp/

# 電撃文庫創刊に際して

文庫は、我が国にとどまらず、世界の書籍の流れのなかで〝小さな巨人〟としての地位を築いてきた。古今東西の名著を、廉価で手に入りやすい形で提供してきたからこそ、人は文庫を自分の師として、また青春の想い出として、語りついできたのである。

その源を、文化的にはドイツのレクラム文庫に求めるにせよ、規模の上でイギリスのペンギンブックスに求めるにせよ、いま文庫は知識人の層の多様化に従って、ますますその意義を大きくしていると言ってよい。

文庫出版の意味するものは、激動の現代のみならず将来にわたって、大きくなることはあっても、小さくなることはないだろう。

「電撃文庫」は、そのように多様化した対象に応え、歴史に耐えうる作品を収録するのはもちろん、新しい世紀を迎えるにあたって、既成の枠をこえる新鮮で強烈なアイ・オープナーたりたい。

その特異さ故に、この存在は、かつて文庫がはじめて出版世界に登場したときと、同じ戸惑いを読書人に与えるかもしれない。

しかし、〈Changing Times,Changing Publishing〉時代は変わって、出版も変わる。時を重ねるなかで、精神の糧として、心の一隅を占めるものとして、次なる文化の担い手の若者たちに確かな評価を得られると信じて、ここに「電撃文庫」を出版する。

**1993年6月10日**
**角川歴彦**